Switcher – Du bist mehr als du weißt

Kate Thompson

Switcher

DU BIST MEHR ALS DU WEISST

Aus dem Englischen von
Susanne Höbel

CARLSEN

2 3 02 01 00

Veröffentlicht im Carlsen Verlag GmbH, Hamburg 2000
Lizenzausgabe mit Genehmigung des Rowohlt Taschenbuch
Verlags GmbH, Reinbek bei Hamburg

Die Originalausgabe erschien 1997 unter dem Titel
»Switchers« bei The Bodley Head Children's Book, UK

Umschlag: Doris K. Künster, Hamburg, unter
Verwendung des Gemäldes »Das Eismeer« von Caspar David Friedrich,
Kunsthalle, Hamburg.
Satz: Clausen & Bosse, Leck
Druck und Bindung: Pustet, Regensburg
ISBN 3-551-58055-3
Printed in Germany

1

Der Bus quälte sich durch den dichten Verkehr Dublins; die Fahrt schien eine Ewigkeit zu dauern. Tess sah aus dem Fenster, aber sie nahm die langsam vorbeiziehenden Straßen nicht richtig wahr. Sie hoffte, dass der Junge nicht wieder an ihrer Haltestelle auf sie wartete. Sie wollte ihm nicht wieder begegnen.

Das erste Mal hatte er am Mittwoch dort gestanden, und dann gestern. Beide Male war er genau in dem Moment losgegangen, als sie aus dem Bus stieg. Er hatte auf der anderen Straßenseite mit ihr Schritt gehalten, bis sie in die Straße beim Park einbog, in der sie wohnte. Sie spürte förmlich, wie er sie die ganze Zeit anstarrte. Aber jedes Mal, wenn sie zu ihm hinübersah, guckte er weg. Ging sie schneller, beschleunigte auch er seine Schritte. Hielt sie an und tat so, als betrachtete sie etwas in der Hecke, blieb auch er stehen und ließ sie nicht aus den Augen. Es war, als machte er sich über sie lustig, und das machte sie ganz kribbelig.

Tess seufzte. Sie zog das Gummiband von ihrem Zopf und fuhr sich durch ihr langes dunkles Haar. Es war Freitag, vor ihr lagen zwei lange Tage der Freiheit. Sie wollte auf dem Weg nach Hause ungestört darüber nachdenken, wie sie das Wochenende verbringen könnte.

»Möchtest du ’nen Kaugummi?«, fragte das Mädchen neben ihr.

Tess lächelte und schüttelte den Kopf. Eigentlich war das nicht ganz ehrlich. Sie hätte den Kaugummi gern genommen. Sie wollte nur niemanden dazu ermutigen, sich mit ihr anzufreunden. Lieber hielt sie sich von Anfang an abseits, als die ansonsten unweigerlich folgende Enttäuschung zu ertragen. Inzwischen hatte sie es zu oft erlebt, um noch zu glauben, es könnte auch einmal anders sein. Seit ihrer Kindheit waren ihre Eltern oft mit ihr umgezogen: Ein Jahr hier, zwei Jahre dort, wo immer der Beruf ihres Vaters die Familie hinführte.

Anfangs war es Tess sehr schwer gefallen, aber im Laufe der Zeit hatte sie sich damit abgefunden. Ihre Eltern ermunterten sie an jedem neuen Wohnort, sich Freunde zu suchen, und manchmal luden sie sogar Mädchen in Tess' Alter nach Hause ein, aber sie verstanden Tess nicht. Tess machte bei den Partys mit und lud ab und zu selbst jemanden fürs Wochenende ein, um ihren Eltern einen Gefallen zu tun, aber mehr konnte sie nicht tun. Ihr war schon vor langer Zeit klar geworden, dass sie niemals richtig enge Freunde haben würde. Sie war anders als die anderen und dieses Anderssein würde sie nie mit jemandem teilen können.

Das Mädchen neben ihr stand auf, als der Bus an ihrer Haltestelle ankam. »Tschüs«, sagte sie, »bis Montag.«

»Tschüs«, sagte Tess.

Es gab immer ein paar Mädchen, die sich eine Weile um sie bemühten, aber auch diesmal würden sie bald aufgeben. Dann würden sie Tess vergessen und links liegen lassen, sie würden sie für eine Streberin halten oder für so eingebildet, dass keine sich mehr mit ihr abgeben wollte. Das tat zwar weh, aber es war leichter, als so zu tun, als wäre sie wie die anderen. Der Bus hielt. Das Mädchen zog sich die Handschuhe an und stieg aus. Auf der Straße sah Tess ältere Schüler von der Berufsschule. Sie brauchten keine Schuluniform zu tragen und sahen normal und menschlich aus, im Gegensatz zu den Mädchen von ihrer Schule mit ihren einheitlichen Gabardinemänteln, Mützen und Schuhen. Tess würde später lieber auf die Berufsschule gehen, aber für ihre Eltern käme das nicht infrage. Sie waren der Meinung, für ihre Tochter sei nur das Beste gut genug. Vielleicht hätte sie die Schuldgefühle ihrer Eltern wegen dieses neuerlichen Umzugs ausnützen und protestieren sollen, aber sie wollte es nicht auf die Spitze treiben. Sie hatte schon all ihre Überredungskünste aufgeboten, um ihre Eltern dazu zu bringen, ein Haus am Phönix-Park zu kaufen. Das war lebenswichtig für sie. In einem anderen Teil Dublins hätte sie es nicht ausgehalten.

Freitagabends war der Verkehr immer besonders dicht, doch schließlich hatte der Bus ihre Haltestelle erreicht. Sie stieg aus und ging ein paar Schritte die Hauptstraße entlang. Es war bitterkalt, und sie ärgerte sich, weil sie wieder ihren Schal vergessen hatte. Diese ungewöhnliche Kälte hielt jetzt schon eine ganze Weile an, so dass es keinen Grund gab, nicht an den Schal zu denken. Tess schlug den Kragen hoch und stemmte sich gegen den eisigen Herbstwind.

Als sie in die von Bäumen gesäumte Straße einbog, von der die Straße zu ihrem Haus führte, stöhnte sie innerlich auf. Da stand er wieder, er lehnte an der Mauer und wartete auf sie! Sonst war niemand zu sehen. Tess ging schnell weiter, ohne sich noch einmal nach ihm umzudrehen.

Heute würde sie ihm nicht den Gefallen tun und seinen Blick erwidern. Die Augen auf das Pflaster geheftet sagte sie zu sich: »Es gibt ihn überhaupt nicht. Wenn ich nicht hinsehe, ist er gar nicht da.«

Aber er war da, unübersehbar. Aus den Augenwinkeln sah sie, wie er die Straße überquerte und auf sie zukam. Mit einer Bewegung, die sie an ihm schon vorher bemerkt hatte, strich er sich eine blonde Strähne aus den Augen.

Im ersten Moment wollte sie weglaufen, aber sie wusste, dass das zwecklos wäre. Sie war klein und zierlich, aber trotzdem sportlich und auf einer kurzen Strecke kaum zu schlagen, aber heute trug sie enge Schuhe mit Absätzen – ein Teil ihrer lächerlichen Schuluniform – und hatte eine schwere Schultasche dabei. Wenn es darauf ankäme, hätte sie gegen ihn keine Chance. Aber wenn er sie nur nervös machen wollte, dann käme sie sich wie der letzte Idiot vor, wenn sie jetzt loslaufen würde. Also ging sie weiter, sah aber entschlossen nicht zu ihm, sondern zu den Häusern hinüber. Obwohl er an der Bordsteinkante ging, drückte Tess sich so dicht wie möglich an den Mauern und Hecken der Häuser entlang und versuchte einen möglichst großen Abstand zu halten. Die Straße schien endlos.

»Zigarette?«, fragte er.

»Nein.«

»Aha. Du rauchst nicht?«

»Nein.«

»Besser so.«

Tess sah schnell zu ihm hinüber. Er hielt eine zerdrückte Packung in der Hand, aus der er eine noch zerdrücktere Zigarette nahm. Sie bemerkte, dass er keine Handschuhe trug, und fragte sich, wie er das bei der Kälte aushielt. In diesem Moment fing er ihren Blick auf. Ein listiger Ausdruck stand in seinen schiefergrauen, hart wirkenden Augen, der ihr nicht geheuer war.

Tess fuhr sich verlegen mit der Hand durch das Haar, das vom Flechten noch gewellt war.

»Was willst du?«, fragte sie.

»Ach, nichts Besonderes«, sagte er. »Wie heißt du?«

»Das geht dich nichts an.«

Er blieb stehen und zündete sich eine Zigarette an, und unwillkürlich hielt auch Tess an. Als es ihr bewusst wurde, ging sie einige Schritte weiter, aber es war zu spät. Bestimmt würde er denken, dass sie ihn ermuntern wollte, und das war das Letzte, was sie beabsichtigte.

Das merkwürdige Wetter brachte einen frühen Herbst ins Land. Der Wind wirbelte die Blätter auf, viele von ihnen waren noch grün. Durch ihre gefütterten Handschuhe und ihre dicken Strumpfhosen hindurch spürte Tess die Kälte. Der beißende Wind gab ihren sonst eher blassen Wangen Farbe. Sie bohrte sich die Hände unter die Achselhöhlen und ging weiter.

Der Junge mit seinen abgetragenen Turnschuhen hatte sie nach wenigen Schritten wieder eingeholt. Eine Weile lang sagte er nichts, zog an seiner Zigarette und bemühte sich, sie am Glimmen zu halten. Tess musterte ihn aus ihren Augenwinkeln. Er trug einen Armeeparka, der an den Armbündchen ausgefranst war, und schmutzige Jeans mit Löchern an den Knien. Er war älter als sie, vierzehn oder fünfzehn vielleicht, aber kaum größer. Sollte er sie belästigen, würde sie sich wahrscheinlich gegen ihn wehren können, bis jemand aus einem der Häuser kam. Falls jemand kam. Aber was konnte er schon von ihr wollen? Geld vielleicht? Er sah eindeutig so aus, als könnte er welches gebrauchen.

»Vielleicht, vielleicht aber doch.«

»Was?«

»Vielleicht geht es mich doch was an.«

Tess blitzte ihn zornig an, so dass er sich nervös abwandte.

»Wie du heißt«, fuhr er fort. »Ich heiße Kevin. Oder Kev. Kannst du dir aussuchen.«

»Nein, danke.«

Darauf lachte er. Es war ein hohes, melodisches Lachen. Plötzlich hatte Tess genug. Sie blieb abrupt stehen und drehte sich zu ihm um. Ihr war nicht mehr mulmig, sie war einfach nur wütend.

»Was willst du?«, schrie sie ihn an. »Warum lässt du micht nicht in Ruhe?«

Er zuckte zurück. Tess nutzte den Moment und ging schnell weiter, aber er war schon wieder neben ihr. Sie näherten sich der Ecke am Park, wo die Straße begann, in der Tess wohnte.

»Sei doch nicht so«, sagte er. »Ich möchte nur deine Hilfe, mehr nicht.«

»Vergiss es«, entgegnete sie jetzt mit größerer Selbstsicherheit, da sie den Spieß umgedreht hatte. »Ich kann dir nicht helfen.«

Der Park lag vor ihnen, gleich war sie zu Hause.

»Vielleicht doch«, sagte Kevin und kam näher.

Tess glaubte, etwas Drängendes in seiner Stimme zu hören. Ihr fiel auf, dass er sich die ganze Zeit umgeschaut hatte, als fürchtete er, entdeckt zu werden. Sie überlegte, ob er Drogen nahm oder ob sogar die Polizei hinter ihm her war.

»Wenn du so dringend Hilfe brauchst«, sagte sie, »solltest du meinen Vater darum bitten.«

Beim Sprechen merkte sie, wie sie es hasste, wenn sie so redete – wie das eingebildete Mädchen aus reichem Hause, wie ein verwöhntes Gör. Aber sie konnte sich nicht zurückhalten. Sie sah ihn mit vor Verachtung funkelnden Augen an und sagte: »Oder soll ich ihn für dich fragen?«

Sie hatten die Ecke erreicht. An den beiden anderen Tagen war er hier umgedreht. Sie wusste, er würde ihr nicht folgen. Doch als sie um die Ecke biegen wollte, packte er sie am Arm. Sie schüttelte ihn ab, aber er sprang um sie herum und versperrte ihr den Weg. Die Strähne war ihm wieder in die Augen gefallen.

»Warte«, sagte er.

Sie machte einen Bogen um ihn.

»Und wenn ich deinem Vater von dir erzähle?«, sagte er.

Ein eisiger Schauer jagte Tess den Rücken hinunter. Sie blieb stehen und sah sich um. Kevin stand ganz still. Sein Gesicht war angespannt, aber zum ersten Mal sah er ihr direkt in die Augen.

»Was meinst du damit?«, fragte sie.

»Ich weiß was über dich«, sagte er. »Ich weiß, was du machst.«

Der Schauer breitete sich kribbelnd in ihrem Hinterkopf aus und stieg in ihre Schläfen. Der eindringliche Blick des Jungen hielt sie fest und einen Moment lang war sie hilflos und verwirrt. Um sie herum tanzten die Blätter im Wind.

»Ich verrate keinem was«, sagte er, »aber du musst mir helfen.«

Tess drehte sich um. »Ich habe keine Ahnung, wovon du redest.«

2

Am Samstag zum Einkaufen in die Stadt zu fahren, war eine alte Familientradition für Tess und ihre Eltern. Es sollte der Höhepunkt der Woche sein: sie bummelten durch die Geschäftsstraßen, kauften, was sie brauchten, und genehmigten sich ein üppiges Lunch im besten Restaurant.

Tess' Eltern sprachen oft davon, dass das Geld knapp war, aber Tess verstand nicht, was sie damit meinten. Ihr war es manchmal peinlich, zu den wohlhabenderen Mädchen in ihrer Schule zu gehören. Ihr Vater arbeitete viel und verdiente gut. Wenn Tess sich etwas wünschte, dann bekam sie es in der Regel auch.

Aber sie hatte kaum Wünsche. In den Augen ihrer Eltern war sie ein stilles Mädchen, vielleicht etwas zu still. Gewöhnlich ging sie nach der Schule in ihr Zimmer und las und am Wochenende war sie am liebsten draußen. In den Ferien war sie nur selten zu Hause. Normalerweise ging sie bei jedem Wetter nach dem Frühstück raus und kam erst gegen Abend zurück, jedoch selten nach Einbruch der Dunkelheit. Sie sprach nicht viel über diese Ausflüge, aber ihre Eltern waren stolz darauf, wie gut sie sich mit Pflanzen und besonders mit Tieren auskannte. Vor dem Umzug nach Dublin hatten sie in einem Haus am Rande einer kleinen Stadt im Südosten von Irland gelebt. Ihr Haus grenzte unmittelbar an die Felder. Tess war begeistert gewesen. Der Park hier war nur ein armseliger Ersatz, aber immerhin besser als nichts.

Einmal hatte Tess zu Weihnachten ein Fahrrad geschenkt bekommen und seitdem war sie häufig damit unterwegs. Ihre Eltern wollten ihr auch Reitunterricht bezahlen und hätten ihr ein Pferd gekauft, aber das wollte Tess nicht. »Ponys machen so viel Spaß«, sagte sie. »Aber ich könnte es nicht ertragen, auf einem drauf zu sitzen und es herumzukommandieren.«

Die Eltern hatten die Idee wieder aufgegeben und ließen Tess gewähren. Es schien nichts dagegen zu sprechen, denn obwohl Tess keine Freunde hatte, war sie anscheinend recht zufrieden mit ihrem Leben. Als ihre Eltern von der Versetzung nach Dublin erfuhren, wussten sie, wie schwer es für Tess sein würde. Trotzdem waren sie von Tess' heftiger Reaktion überrascht. Als sie ihr von dem bevorstehenden Umzug erzählten, brach Tess in Tränen aus und schloss sich in ihr Zimmer ein. Nachdem sie wieder rausgekommen war, sprach sie tagelang kein Wort mit den Eltern. Ihre Mutter war drauf und dran, die Geduld mit Tess zu verlieren, doch wie immer richtete sich ihr Unmut stattdessen auf Tess' Vater. Im ganzen Haus knallten die Türen, sonst herrschte zorniges Schweigen.

Schließlich ergab sich Tess in ihr Schicksal und erklärte sich mit dem Umzug nach Dublin unter einer Bedingung einverstanden: wenn sie ein Haus am Stadtrand oder in der Nähe eines Parks kaufen würden.

Es war nicht leicht, diese Forderung zu erfüllen, aber schließlich klappte es. Zum Glück, denn Tess wäre verrückt geworden, wenn sie zwischen Häusern eingezwängt hätte leben müssen. Es hing ganz allein von ihren »Ausflügen« ab, ob sie in ihrem Leben glücklich war oder unglücklich.

An diesem Samstag hatte ihr Vater noch etwas zu erledigen und kündigte an, sie würden erst gegen Mittag in die Stadt fahren. Tess verbarg ihre Freude. Sie hatte den Vormittag für sich. Was für ein unerwartetes Geschenk.

»Kann ich solange rausgehen?«, fragte sie.

»Na, ich weiß nicht recht«, sagte ihre Mutter. »Es ist bitterkalt draußen.«

»Ich ziehe mich auch ganz warm an«, sagte Tess.

Sie zog sich die Jeans und ihre neue Daunenjacke an, dazu Mütze, Schal und Handschuhe, und ging hinaus. Der Wind war zwar nicht sehr stark, aber dafür noch kälter als am Tag zuvor. Er blies winzige Eisstückchen vor sich her und schien schon den nächsten Eissturm anzukündigen.

Tess blickte die Straße auf und ab. Während der Sommerferien konnte man am Rand des Parks weit und breit keinen Parkplatz finden, aber heute standen nur wenige Autos da. Ein paar hart gesottene Hundebesitzer führten ihre Vierbeiner aus, und einige wild entschlossene Familien spielten Fußball oder Frisbee, aber sonst war niemand im Park. Vor allem aber konnte Tess Kevin nirgendwo entdecken und das erleichterte sie sehr. Wahrscheinlich war er auch an den anderen Samstagen nicht da gewesen und konnte ihr nicht zu ihrem Geheimplatz gefolgt sein. Also hatte er auch nicht gesehen, was sie dort machte.

Als sie den Weg über den Rasen einschlug, wurde sie wieder ruhiger. Schließlich hatte sie immer größte Vorsicht walten lassen und höllisch aufgepasst, dass niemand sie beobachtete. Kevin hatte einfach geblufft. Das hatte er geschickt gemacht, denn die meisten Jugendlichen in ihrem Alter hatten schon einmal etwas getan, was ihre Väter besser nicht erfahren sollten. Aber es war ein Bluff, das war ihr jetzt klar. Wenn er es noch einmal versuchte, würde sie ihn auffordern, mit ihr nach Hause zu kommen; dann würde sich ja zeigen, was er ihrem Vater zu sagen hatte. Niemals würde er sich darauf einlassen.

Vergnügt und ganz beschwingt kam sie zu dem verwilderten Teil des Parks, wo ihr Geheimplatz lag. Wenn viele Leute unterwegs waren, hatte sie manchmal richtig Mühe, ungesehen in ihr Versteck zu schlüpfen. Aber heute war niemand in der Nähe. Zwischen den vielen Bäumen – Eschen und Holunder – boten ihr dichte Brombeerbüsche und andere Sträucher Schutz.

Tess sah sich wachsam um. Eine Frau mit ihrem Hund war zu sehen, einem irischen Wolfshund, der in großen, unbeholfenen Sprüngen über die Wiese tollte. Tess kannte dieses Gefühl; sie hatte es schon einmal als Wolfshund versucht.

Um ganz sicher zu gehen, umrundete Tess noch einmal das Dickicht mit ihrem Geheimplatz und warf auch einen Blick in das angrenzende Unterholz. Auf den ausgetretenen Pfaden, die dazwischen verliefen, konnte sich jederzeit jemand im Schutz der Bäume nähern. Sie stand still und lauschte eine ganze Weile. Inzwischen wusste sie genügend über Vögel und andere kleine Tiere, um ihre Stimmen und Bewegungen unterscheiden und verstehen zu können. Außer Tess' Anwesenheit schien sie nichts zu beunruhigen.

Sie sah sich noch einmal um und schlüpfte in das

Dickicht. Im Dunkeln würde sie nicht gern allein hierher kommen. Selbst bei Tag war es finster und ein bisschen gespenstig. Manche Pfade wurden offensichtlich ziemlich häufig benutzt, denn überall lagen Papierfetzen, leere Dosen und Flaschen herum. Tess drang tiefer ein, trat Brombeerzweige herunter und bückte sich unter niedrig hängenden Zweigen, bis sie zu einer Stelle kam, wo die Bäume nicht so eng standen. Weil hier mehr Licht einfiel, wuchs das Gestrüpp umso üppiger. Vor langer Zeit war an dieser Stelle ein großer Baum umgestürzt, dessen dünne Zweige verrottet waren, während die dickeren Äste eine Art Gehäuse bildeten, um das sich Brombeeren gerankt hatten.

Tess sah sich ein letztes Mal vorsichtig um und horchte, bevor sie in die Hocke ging und sich durch die enge Öffnung zwängte, die ins Innere führte. Drinnen war sie durch das dichte Brombeergestrüpp vor allen Blicken verborgen.

Als Tess wieder zum Vorschein kam, war sie ein Eichhörnchen mit all den flinken Bewegungen und der Behendigkeit, die zu einem Eichhörnchen dazugehörte. Sie sauste los, hielt inne und lauschte, flitzte weiter und sprang davon.

Alles im Leben war erträglich, solange sie das hatte. Was machte es schon, dass sie eine derart lächerliche Uniform tragen und in diese großkotzige Schule gehen musste. Am Wochenende konnte sie ein Eichhörnchen oder eine Katze sein oder ein Kaninchen, oder ein ausgelassen umhertollender Wolfshund oder ein Terrier, der Jagd auf Ratten machte. Was bedeutete da schon dieser überlegen tuende und halb verhungerte Junge, der sie verfolgte und ihr Angst einjagen wollte? Was wusste er schon von der Freiheit eines Mauerseglers oder einer Schwalbe? Kannte er die Geschicklichkeit und Präzision einer Taube, den Ordnungssinn eines Rotkehlchens oder eines Zaunkönigs? Sie würde sich nicht mehr länger an der Nase herumführen lassen, und er müsste sich ein anderes Opfer suchen. Aber im Moment dachte sie weder an ihn noch an irgendetwas sonst, denn das Leben eines Eichhörnchens ist voller Geschäftigkeit und Vergesslichkeit.

Durch die Äste über ihr drangen Sonnenstrahlen. Zwar war es nicht die für die Jahreszeit übliche warme Herbstsonne, aber das kümmerte Tess wenig. Während sie umherhuschte und von Ast zu Ast sprang, verstärkten die hellen Strahlen noch ihr schwindelerregendes Hochgefühl und ihr blieb gar keine Zeit zu frieren.

Ein Eichhörnchen hat sich wie ein Eichhörnchen zu verhalten. Dass sie keinen Winterschlaf halten würde, spielte da keine Rolle. Im Herbst sammelten Eichhörnchen Vorräte, also sammelte sie. Nun war es ganz gleichgültig, was sie zusammentrug, weil sie nicht darauf angewiesen war, sich den Winter über davon zu ernähren. Hagebutten und Haselnüsse, zum Beispiel, konnte sie nicht liegen lassen. Sie stopfte sich die Backentaschen damit voll und kehrte zu ihrem Bau zurück. Platanensamen und die kleinen, sauren Beeren, die es im Herbst gab, waren nicht unbedingt nötig, aber weil sie so hübsch aussahen und es nichts Wichtigeres zu tun gab, sammelte sie sie trotzdem ein. Die anderen Eichhörnchen waren viel zu sehr mit ihren eigenen Verrichtungen beschäftigt, um ihre merkwürdigen Sammelgewohnheiten zu bemerken. Nur wenn sie sich zu weit in das Territorium eines anderen

Eichhörnchens vorwagte, gab man sich mit ihr ab: Dann wurde sie lauthals beschimpft, und das reichte, um sie zu vertreiben.

Sie kannte die meisten anderen Eichhörnchen. Während der Sommerferien hatte sie oft mit ihnen gespielt; gemeinsam hatten sie phantastische Rennen veranstaltet und akrobatische Kunststücke vollführt. Weil sie nicht so geschickt war oder weil ihr dazu die Nerven fehlten, hatte sie jedes Mal verloren. Aber das machte nichts. Es bereitete ihr einfach unsägliches Vergnügen, sich so schnell zu bewegen, schneller als ihr menschlicher Verstand folgen konnte, und mitten in der Luft Entscheidungen zu treffen, die allein von ihren Reflexen bestimmt waren und nicht von der Vernunft. Als sie jetzt einige der Eichhörnchen wiedersah, erinnerte sie sich an diese atemberaubenden Momente, aber dafür war jetzt keine Zeit. Es gab dringendere Angelegenheiten, denn in diesem Jahr würde die Nahrung knapp werden.

In den Baumwipfeln war ein Flügelschlag zu hören. Einen Augenblick lang erstarrte alles Leben im Dickicht, doch gleich darauf entspannte es sich wieder. Es war nichts weiter als eine Waldtaube, die ein bisschen plump gelandet war.

Tess erspähte am Boden etwas Glänzendes und sauste kopfüber den Baumstamm hinunter, um dieses Etwas zu untersuchen. Zuerst dachte sie, es sei die Öse einer Getränkedose, doch als sie näher kam, erkannte sie einen Ring, einen echten, ganz blanken Silberring. Das Metall schrappte unangenehm an ihren kleinen Zähnen, aber sie wollte den Ring unbedingt haben. Sie biss kräftig zu und zerrte, doch er ließ sich nicht herausziehen. Ein dicker

Grashalm war durch ihn hindurchgewachsen und hatte sich mit anderen Halmen verschlungen. Sie rupfte erneut daran, und dann brach plötzlich wieder diese jähe Stille herein, die im Wald immer eine Warnung bedeutete. Sie erstarrte. Sie konnte den Feind nicht sehen, aber sie roch ihn. Er war ganz dicht bei ihr. Einen Geruch wie diesen hatte sie noch nie zuvor wahrgenommen. Vorsichtig drehte sie sich um und stand dem seltsamsten Eichhörnchen gegenüber, das sie je gesehen hatte. Es war klein und kräftig, hatte spitze Ohren und ein rotes Fell mit schwarzen und weißen Streifen auf dem Rücken. Alle anderen Eichhörnchen im Dickicht saßen still und starrten diesen Sonderling an.

»Das ist kein Eichhörnchen«, dachte Tess. »Das ist ein Streifenhörnchen. Was hat ein Streifenhörnchen im Phönix-Park verloren?«

Ebenso flink wie entschlossen sprang das Streifenhörnchen nach vorn und packte den Ring mit den Zähnen. Als ob sie das beruhigte, nahmen die anderen Eichhörnchen ihre Tätigkeiten wieder auf. Aber Tess war erbost. Was immer es war, wo immer es herkam, es würde ihr nicht den Ring wegnehmen. Sie sprang vor und packte ebenfalls zu. Es mochte mutig sein, sich mit diesem Eindringling anzulegen, aber sie wusste ja, dass sie sich jederzeit in Tess umwandeln konnte, wenn sie wirklich in Gefahr geriet. Dadurch würde sie nicht nur sich selbst in Sicherheit bringen, sondern auch ihren Feind zu Tode erschrecken.

Bisher war sie erst einmal zu diesem Schritt gezwungen worden. Damals in der Abenddämmerung war sie ein Kaninchen gewesen, nicht weit von dem Haus, in dem sie zuletzt gewohnt hatten. Plötzlich war wie aus dem Nichts ein Fuchs aufgetaucht und sie flüchtete mit den anderen

Kaninchen. Als das Kaninchen vor ihr nicht schnell genug in den Bau hineinkam, wollte der Fuchs ihr schon in den Hinterlauf beißen. Stattdessen hatte er plötzlich ein menschliches Bein vor sich und ergriff erschrocken und verwirrt die Flucht.

Sie hatte Glück gehabt. Es war niemand in der Nähe gewesen, der sie hätte sehen können. Nur in äußerster Not würde sie sich auf diese Weise retten, aber hier, im Schutze des Dickichts, war sie dazu bereit.

Doch so weit kam es nicht. Kaum hatte sie den Ring gepackt, ließ das Streifenhörnchen ihn los und biss mit den Zähnen den dicken Grashalm durch. Der Ring war frei, und Tess raste damit auf dem Boden davon, den Kopf in die Höhe gereckt, damit ihre Beute nicht an einer Pflanze oder einem Zweig hängen blieb. Das Streifenhörnchen folgte ihr. Am Eingang zu ihrer Höhle ließ sie den Ring fallen und drehte sich laut schimpfend zu ihrem Verfolger um. Er trollte sich, blieb aber auf einem Baumstumpf in der Nähe sitzen und beobachtete sie mit einem listigen Glitzern in den Augen, das ihr irgendwie bekannt vorkam. Tess nahm den Ring, stolzierte damit durch den Eingang und trug ihn in den dunkelsten Winkel des Brombeergestrüpps, wo sie ihn hinter einem großen Stein fallen ließ. Als sie sich umdrehte, war das Streifenhörnchen hinter ihr und verfolgte jede ihrer Bewegungen. Sie sprang es an und schimpfte so laut sie konnte, und es schoss davon, auf das Licht am Eingang zu.

Tess machte kehrt und wollte ein neues Versteck suchen, aber kaum hatte sie eins gefunden, war das Streifenhörnchen wieder hinter ihr. Mit buschig aufgerichtetem Schwanz sprang es hierhin und dorthin, hielt aber einen angemessenen Abstand von ihren Zähnen. Genau besehen führte es sich auf wie ein aufgeregter junger Hund, der spielen wollte.

Tess hörte auf, es zu beschimpfen, und sah ihm zu. Vielleicht mussten Streifenhörnchen um diese Jahreszeit nicht sammeln? Oder es hatte seine Instinke vergessen, weil es aus einem Zoo oder einer privaten Tierhaltung entflohen war. Vorsichtig folgte sie ihm. Am Ende der Höhle sprang es davon, huschte an einem Stamm bis auf halbe Höhe und kam zurück. Es rannte zu ihr zurück, kehrte abermals um, raste bis in die Krone, lockte sie, neckte sie. Warum eigentlich nicht, dachte sie, warum sollte sie nicht mit ihm spielen? Sie brauchte ja nicht zu sammeln. Sie folgte ihm, zuerst zögernd, so dass es wieder vorauseilte und zurückkam, bis sie Mut fasste und neben ihm in den Stamm hinaufsauste.

Jetzt gab es kein Halten mehr. Sie rasten durch das Dickicht und über die freien Flächen, sprangen von einem Gehölz zum anderen und erforschten die Umgebung mit höchstmöglicher Geschwindigkeit. Zwischendurch lieferten sie sich draußen im Park ein Rennen, sausten und hüpften über die Wiese, so weit sie sich hervorwagten, und kehrten dann mit großen Sprüngen in den sicheren Schutz der Bäume zurück.

Tess gab sich ganz dem ausgelassenen Zeitvertreib hin und freute sich, einen Spielkameraden zu haben. Manchmal lernte sie ein Tier besser kennen, aber wie mit Menschen war es schwer, dauerhafte Freundschaften zu schließen. Diesmal war es anders. Das Streifenhörnchen suchte Gesellschaft ebenso begierig wie sie; es hatte sie gefunden und zum Spielen aufgefordert. Sie konnte sich nicht erinnern, wann sie das letzte Mal so glücklich gewesen war, und wollte auch gar nicht darüber nachdenken. Es gab nur das Hier und Jetzt, den vollkommenen Augenblick, und der dauerte an.

Bis Tess plötzlich zur Sonne hinaufsah. Sie konnte keinen klaren Gedanken fassen, aber sie wusste, dass es schon viel später war, als ihr lieb sein konnte. Sie blieb mit zuckenden Schnurrbarthaaren auf einem Ast sitzen und versuchte ihren kleinen, krausen Eichhörnchenverstand zu beruhigen, um klarer denken zu können. Das Einzige jedoch, was ihr in den Sinn kam, waren Nüsse und das dringende Bedürfnis, in ihre Höhle zurückzukehren.

Hals über Kopf raste sie zu dem Dickicht mit dem umgestürzten Baum. Das Streifenhörnchen folgte ihr, es wollte weiterspielen.

Als sie in der Höhle war, fiel es ihr wieder ein: der Einkaufsbummel. Sie hatte keine Ahnung, wie viel Uhr es war, aber es war schon spät, sehr spät sogar. Ihre Eltern würden sich Sorgen machen. Bestimmt waren sie verärgert und stritten sich. Das Streifenhörnchen war ihr in die Höhle gefolgt. Mit all der Wut, die sie als Eichhörnchen aufbringen konnte, vertrieb sie es aus der Höhle. Mit verwirrtem Blick blieb es am Eingang sitzen, aber Tess stürzte sich vor und scheuchte es weiter hinaus. Dann rannte sie in das Dunkel der Höhle, und bevor es ihr folgen konnte, verwandelte sie sich. Als sie auf Händen und Füßen aus ihrem Versteck herauskroch, dachte sie, es würde erschrocken davonlaufen, aber es war verschwunden. Spurlos verschwunden.

Auf halbem Wege nach Hause fiel Tess ein, dass sie den

Ring vergessen hatte. Sie seufzte. Er würde am nächsten Tag auch noch dort sein. Aber wenn sie sich unbedingt Sorgen machten wollte, dann lieber darüber, was ihr zu Hause jetzt bevorstand.

3

Als Tess außer Atem und ganz zerknirscht nach Hause kam, sagte ihre Mutter: »Ist nicht so schlimm. Wenn dein Vater heute Morgen nicht gearbeitet hätte, wäre es ja gar nicht passiert.«

Ihr Vater sagte nichts. Er starrte wie gebannt auf die Übertragung eines Fußballspiels. Also fuhren Tess und ihre Mutter mit dem Bus in die Stadt und nahmen ihren Nachmittagstee bei Bewley's. Anschließend machten sie getrennt ein paar Einkäufe. Tess kaufte von ihrem Taschengeld ein Buch über Nagetiere, in dem ein Kapitel Streifenhörnchen gewidmet war, und eine riesige Tüte Sonnenblumenkerne.

Als sie nach Hause kamen, verschwand Tess in ihrem Zimmer und legte sich aufs Bett. Sie wollte sich das Buch ansehen, aber sie war von ihren Abenteuern als Eichhörnchen so erschöpft, dass sie einschlief und erst wieder aufwachte, als ihr Vater sie zum Abendessen weckte. Wochentags wurde immer am Esstisch gegessen, aber an den Wochenenden machten sie es sich häufig vor dem Kamin im Wohnzimmer gemütlich und aßen ihre Mahlzeit von einem Tablett auf den Knien. Tess setzte sich in einen Sessel und nahm Messer und Gabel in die Hand. Ihre Eltern sahen sich eine Soap Opera im Fernsehen an, aber Tess fand sie langweilig.

In Gedanken wanderte sie zurück zu dem Tag, als sie

zum ersten Mal geswitcht hatte und so entdeckte, dass sie nie mehr einfach nur Tess zu sein brauchte. Damals war sie noch ziemlich klein gewesen, vielleicht sieben oder acht. Es war Sommer und sie war ganz früh aufgewacht, weil ihr schrecklich heiß war. Vor ihren Augen schwebten noch Bilder aus einem seltsamen Traum, aus dem sie aufgewacht war, aber sie entglitten ihr, bevor sie sich richtig daran erinnern konnte. Sie seufzte und in dem Moment hatte sie das Gefühl, dass sich die Zeit verlangsamte. Der Seufzer dauerte ewig lange, sowohl das Einatmen als auch das Ausatmen, als ob in ihre Lungen plötzlich viel mehr Luft hineinpasste.

Vor dem Fenster zwitscherten die Vögel ungewöhnlich laut und die Sonne strömte durch einen Spalt in den Vorhängen auf ihr Bett. Deswegen war ihr so heiß, dachte sie, aber als sie die Hand hob, um die Decke zurückzuschlagen, sprang etwas Braunes, Pelziges auf ihre Brust.

Schon als kleines Mädchen schrie Tess nicht bei jeder Gelegenheit gleich los, und das war ihr Glück gewesen. Hätte sie in dem Moment angefangen zu schreien, wäre die ganze Straße von dem Lärm wach geworden und alles wäre verdorben gewesen. Stattdessen blieb sie lange, lange Zeit regungslos liegen und wartete darauf, dass sich das Tier wieder zeigte.

Als nichts geschah, beruhigte sie sich ein wenig. Was es auch war, es war ja nicht sehr groß, sie würde es also bestimmt verscheuchen können. Ganz langsam und bedächtig setzte Tess sich auf. Dabei sah sie das haarige Ding noch immer auf ihrer Decke liegen. Ganz allmählich dämmerte ihr voller Entsetzen, dass es kein kleines Tier war, sondern die Tatze von einem enorm großen. Mit einem Schwung drehte sie sich zur Seite, weil sie dachte, sie würde den Rest des Tieres neben der Bettkante hocken sehen, aber da war nichts. Als sie sich zurückdrehte, begriff sie. Sie hob ihre Hand, aber da war keine Hand, sondern eine riesige braune Tatze. Sie berührte damit ihr Gesicht und fühlte eine lange Schnauze und runde, pelzige Ohren. Tess hatte sich in einen Bären verwandelt.

Ganz lange blieb sie still liegen. Sie hatte in Märchen von solchen Umwandlungen gelesen. Gewöhnlich wurden sie durch den Fluch einer Hexe oder einer bösen Fee ausgelöst. Tränen der Verzweiflung kullerten ihr über die pelzigen Wangen und auf die Decke, wo sie einen feuchten Fleck hinterließen, der immer größer wurde. Sie hörte die Vögel und fragte sich, wie sie so fröhlich singen konnten, während sie so traurig war. Vielleicht wäre sie für alle Zeiten liegen geblieben und hätte einen immer größeren Fleck auf ihre Steppdecke geweint, wenn es für Bären nicht sehr unbequem wäre, so lange auf dem Rücken zu liegen.

Ihre Finger ließen sich nicht wie sonst bewegen. Als sie die Decke zurückschlagen wollte, blieb sie mit den Klauen daran hängen. Doch schließlich gelang es ihr, sich zu befreien und aus dem Bett zu krabbeln. Sie war überrascht, wie gemütlich es war, ein Bär zu sein. Eine Weile tappste sie im Zimmer umher und gewöhnte sich an ihre seltsamen Gliedmaßen.

Nach einiger Zeit lockten das Vogelgezwitscher und die frische Morgenluft sie zum Fenster. Beim dritten Versuch glückte es ihr, mit der tolpatschigen Tatze den Vorhang beiseite zu rupfen. Auf den Hinterbeinen stehend und an die Fensterbank gelehnt, blinzelte sie in das helle Licht. Der Duft, die Geräusche und das Gefühl der frischen Luft in ihrer Nase – all das war köstlich und zog sie magisch an. Sie war glücklich, ein Bär zu sein, und sie reckte die Nase dem kühlen Luftzug entgegen, der durch den geöffneten Fensterschlitz drang. In dem Moment roch sie den Zeitungsjungen und sah, wie er auf seinem Fahrrad die Straße entlangradelte.

So schnell sie konnte wich Tess vom Fenster zurück und ließ sich auf den Boden fallen. Ihre schreckliche Situation wurde ihr wieder bewusst. Was um alles in der Welt war mit ihr geschehen? Im Zimmer ihrer Eltern nebenan klingelte der Wecker, und sie hielt sich mit den schweren Pfoten entsetzt die Ohren zu. In wenigen Minuten würde ihr Vater mit schlurfenden Schritten ins Bad gehen, um sich zu waschen und zu rasieren, und dann würde er den Kopf in ihr Zimmer stecken und sagen: »Auf, auf, die Morgensonne lacht«, oder: »Raus aus den Federn.« Manchmal kam er auch herein und zog die Vorhänge zurück. Oder er setzte sich zu ihr aufs Bett und plauderte ein paar Minuten, bevor er nach unten ging, um das Teewasser aufzusetzen. Aber was würde jetzt geschehen? Was würde er tun, wenn er statt seiner kleinen Tochter einen Braunbären vorfand? Sie hörte, wie er im Badezimmer beim Rasieren vor sich hin summte. Würde ihre Mutter begreifen, was passiert war? Würde sie, wenn sie dem Bären tief in die Augen sah, ihre Tochter Tess erkennen?

Unglücklich trottete Tess durch ihr Zimmer, sie fühlte sich riesengroß und schwer und plump. Aus Versehen stieß sie gegen das Puppenhaus, und als das mit großem

Gepolter umfiel, sprang sie erschreckt hoch und riss dabei den Legokasten zu Boden. Die Steine flogen im Zimmer umher, und als sie darüber tappte, tat das an den Pfoten weh.

Tess hörte die Badezimmertür und dann die Schritte ihres Vaters auf dem Flur. Sie setzte sich mitten auf den Fußboden in ihrem Zimmer und betete von ganzem Herzen, dass sie wieder in das kleine Mädchen verwandelt würde.

Die Tür öffnete sich. »Was ist denn das für ein Lärm?«, fragte ihr Vater.

Tess saß ganz still und sah vorsichtig zur Tür.

»Was machst du denn da?«, fragte ihr Vater und trat ins Zimmer.

Tess starrte ihn verwundert an. Warum bemerkte er nichts?

»Ist was, meine Süße?«, fragte er und ging neben ihr in die Hocke.

Sie starrte ihn mit weit aufgerissenen Augen an und senkte dann den Blick auf ihre Hände. Sie war wieder das kleine Mädchen Tess und saß warm und rosig in ihrem Nachthemd auf dem Fußboden.

»Gerade war ich ein Bär«, sagte sie.

»Ein Bär?«, sagte ihr Vater. »Na, dann ist es ja kein Wunder, dass du so eine Unordnung gemacht hast.« Er richtete das Puppenhaus auf und räumte die Möbel wieder ein.

»Aber ich war wirklich ein Bär, Daddy, ganz wirklich.«

»Na, und jetzt musst du ein flinkes kleines Eichhörnchen sein und die Legosteine wieder einräumen, bevor deine Mutter das sieht. Du kannst ja spielen, dass es Nüsse sind.«

»Aber ich habe nicht gespielt!«

»Natürlich nicht.«

»Glaubst du mir nicht?«

»Doch, natürlich glaube ich dir.«

Aber an dem Ton seiner Stimme erkannte sie, dass er ihr nicht glaubte. Sich in einen Bären zu verwandeln – das war nicht gerade ein üblicher Zeitvertreib für Erwachsene. Sie hätten viel zu viel Angst vor dem, was dann bloß wieder die anderen denken würden. Als Tess sich ein paar Wochen später in eine Katze verwandelte, nahm sie sich deshalb fest vor, nie, nie wieder jemandem davon zu erzählen. Und daran hielt sie sich auch.

Der Junge, dieser abgerissene Typ, konnte davon nichts wissen. Es war einfach unmöglich. Trotzdem, der Ausdruck in seinen Augen hatte ihr Angst gemacht. Fast glaubte sie, er ahnte etwas von ihrer Fähigkeit, sich zu verwandeln.

»Tess?«

»Ja?«

»Du isst ja gar nichts, meine Süße.«

»Och, ich hab gerade bei den Nachrichten zugehört.« Das stimmte zwar nicht, aber jetzt hörte sie zu.

»Auch in den nächsten Tagen«, sagte der Sprecher mit sorgenvollem Gesicht, »wird das außergewöhnliche Wetter anhalten. Es gibt keine Anzeichen dafür, dass die seit acht Wochen in der Arktis wütenden Schneestürme nachlassen. Im Gegenteil. Sie breiten sich immer weiter aus. Die Zahl der Todesopfer in Nordeuropa beläuft sich inzwischen auf über eintausendsiebenhundert, die Zahl der Vermissten liegt noch um ein Vielfaches höher. In der ganzen nördlichen Hemisphäre werden die Menschen evakuiert.«

Über den Bildschirm flimmerten Bilder von einer Wagenkolonne, die sich durch einen Schneesturm kämpfte.

»Der Strom der Menschen, die ihre Häuser in Alaska und Nordkanada verlassen, reißt nicht ab. Die strenge Witterung zwingt sie zu diesem Schritt. Hubschrauber-Rettungsdienste arbeiten rund um die Uhr, um die Menschen aus entlegenen Gebieten in Sicherheit zu bringen. Schneepflüge sind pausenlos im Einsatz, um die Hauptverkehrswege freizuhalten. Dennoch steht zu befürchten, dass Tausende von Menschen, die in diesen Gebieten auf Landstraßen unterwegs sind, in ihren Fahrzeugen von dem Schneemassen eingeschlossen sind. Und es besteht nur geringe Hoffnung auf Rettung, weil die völlig überlasteten Rettungsdienste kaum bis zu ihnen vordringen können.«

»Irgendwie geht das nicht mit rechten Dingen zu«, sagte Tess' Vater.

»Nicht mit rechten Dingen?«, erwiderte ihre Mutter. »Wie kann das Wetter nicht mit rechten Dingen zugehen?«

»Ich weiß auch nicht, aber das ist doch wider die Natur.«

»Wie kann gerade das Wetter wider die Natur sein?«, fragte ihre Mutter. »Wenn das Wetter nicht naturgegeben ist, was dann?«

»Na, jedenfalls ist es nicht normal.«

»Normal ist was ganz anderes. Keiner sagt, dass das normal ist.«

»Psst!«, machte Tess.

»Der vierte Versuch, die von der Außenwelt abgeschnittene Bohrstation in der Arktis auf dem Landweg zu erreichen, musste abgebrochen werden«, sagte der Sprecher, während im Hintergrund Bilder von Schneefahrzeugen und Panzern gezeigt wurden. »Der Funkkontakt mit der Station brach kurz nach Einsetzen der Schneestürme ab, und alle Versuche, sie auf dem Land- oder Luftweg zu erreichen, sind bislang gescheitert.«

Ein Offizier in der Ausrüstung eines Himalaya-Bergsteigers erschien auf dem Bildschirm, um ihn herum tanzten die Schneeflocken.

»Es ist völlig unglaublich hier draußen«, sagte er. »Noch nie hat es solche extremen Witterungsbedingungen gegeben. Die Temperaturen liegen unterhalb der Thermometerskala, und die Sicht ist gleich Null. Es ist auch beim besten Willen nicht mehr vertretbar, dass Militärangehörige diesen Bedingungen ausgesetzt werden.«

Tess fand, sein Gesicht spiegelte Angst wider.

»Ich bin immer noch der Meinung, es geht nicht mit rechten Dingen zu«, sagte ihr Vater.

Ihre Mutter seufzte entnervt.

Tess stand mit ihrem Tablett auf. »Ich gehe rauf und lese«, sagte sie.

»Möchtest du keinen Nachtisch?«

»Nein, danke.«

»Es gibt Zitronenschaumcreme.«

»Ich habe jetzt keinen Appetit. Kannst du mir was für später aufheben?«

Tess trug das Tablett in die Küche und ging hoch in ihr Zimmer.

Keiner sprach es aus, aber alle dachten es: Wenn diese Schneestürme sich weiter ausbreiteten, würden sie in kurzer Zeit Irland erreichen.

Und wen kümmerte es dann schon, wenn dieser dumme Junge ihr Geheimnis kannte?

4

In einem geheimen Konferenzraum des Pentagons in Washington saß der Offizier, den Tess im Fernsehen gesehen hatte, mit mehreren anderen Männern um einen Tisch. Darunter waren auch der Stabschef der Armee, General ›Whitey‹ Snow und General Wolfe, der Stabschef der Luftwaffe. Die anderen waren Minister und Berater der amerikanischen Regierung. Die Öffentlichkeit und die Presse waren von der Besprechung ausgeschlossen.

Der Offizier, der Colonel Dale Dunkelburger und mit Spitznamen ›Big Daddy‹ hieß, stand auf, wanderte ein paar Minuten rastlos auf und ab und setzte sich dann wieder in seinen Ledersessel am Kopf des Tisches. Auf einem Rollwagen neben ihm stand ein Tonbandgerät und vor ihm bedeckte eine riesige Karte des Polarkreises die Hälfte des Tisches.

Colonel Dunkelburger seufzte und rieb sich die Augen. Er hatte seit vierundzwanzig Stunden nicht geschlafen, und so wie sich die Lage darstellte, würde er auch nicht so bald ins Bett kommen. Mit einem Ausdruck grimmiger Ergebenheit nickte er General Snow über den Tisch hinweg zu.

Der General stand auf und räusperte sich. »Meine Herren«, begann er, »die Angelegenheit, die uns heute zusammenführt, ist überaus bedenklich und die Lage ist außerordentlich ernst.«

Zustimmendes Gemurmel war zu hören.

»Also«, fuhr der General fort, »ich weiß, dass alle der hier Anwesenden das Geheimhaltungsabkommen unterschrieben haben, und ich weiß, dass jedem von Ihnen klar ist, dass das Siegel an der Tür zu diesem Raum Sie an diesen Eid bindet. Dennoch, in Anbetracht dessen, was Colonel Dunkelberger Ihnen mitzuteilen hat, möchte ich Sie bitten, einen weiteren Eid abzulegen – einen persönlichen Eid auf das, was Ihnen das Allerheiligste ist – und zu schwören, dass das, was Sie jetzt hören werden, niemandem außerhalb dieser vier Wände zu Ohren kommen wird, auch wenn Sie persönlich der Überzeugung sind, eine Geheimhaltung dieser Art sei nicht notwendig.«

Einer der Berater des amerikanischen Präsidenten schüttelte den Kopf und seufzte.

»General Snow«, sagte er. »Es ist uns allen bewusst, dass es hier um eine Sache mit besonderer Tragweite geht, aber meinen Sie nicht, das Ganze ist ein bisschen übertrieben? Die meisten von uns haben jeden Tag mit Staatsgeheimnissen zu tun, und ich nehme doch an, dass der Eid, den wir geleistet haben, bisher immer völlig ausreichend war.«

»Ich verstehe Ihren Standpunkt sehr gut, Mr. Dunwoody«, erwiderte der General. »Aber glauben Sie mir, wenn Sie gehört haben, was wir auf diesen Tonbändern aufgezeichnet haben, werden Sie mich verstehen. Es handelt sich hier nicht nur um eine Frage der Staatssicherheit, sondern um eine Angelegenheit von weltweiter Bedeutung. Und ich bin fest davon überzeugt, dass eine Massenpanik die Folge wäre, wenn die Öffentlichkeit davon erführe. Es liegt mir fern, das Geheimhaltungsabkommen in Abrede zu stellen, aber möglicherweise reicht es in diesem Fall nicht aus. Ich hoffe, Sie können mir folgen und verstehen meinen Standpunkt. Es sind keine Zweifel an ihrer Loyalität, die mich zu diesem Schritt veranlassen.«

Dunwoody nickte und die Anwesenden erhoben sich verlegen von ihren Stühlen und schworen ihren persönlichen Eid. Anschließend nahm Colonel Dunkelburger ein kleines Tonband aus der Innentasche seines Jacketts und schob es in das Abspielgerät. »Dies, meine Herren«, sagte er, »ist die letzte Nachricht, die unsere arktische Überwachungsstation im Norden Alaskas von der Bohrstation in der Polarregion empfangen hat. Das war eine Woche, nachdem sie durch die Schneestürme von der Außenwelt abgeschnitten wurde. Ich sollte sie noch auf Folgendes hinweisen: keiner außer uns hat bisher diese Nachricht zu hören bekommen.« Er schaltete das Gerät an. Die Aufnahmequalität war durch statisches Rauschen stark beeinträchtigt, dennoch konnte man die Stimmen verstehen.

»Hallo, Jungs. Alles okay hier, bisher.« Es war die Stimme eines jungen Mannes, der sich ein bisschen wichtigtuerisch gab, aber offenbar bemüht war, eine schwierige Situation tapfer zu meistern.

»Nichts zu melden?«, fragte der Funkoffizier.

»Und ob, jede Menge zu melden. Haufenweise. Haufenweise Schnee. Jede Menge Schnee.«

»Wie sieht's denn auf der Bohrstation aus?«

»Soweit alles okay. Es geht immer noch ein heftiger Sturm, und überall knarrt es ganz schrecklich, dass einem angst und bange werden kann, aber soweit ich weiß, sind seit letztem Dienstag keine neuen Schäden aufgetreten.«

»Die Vorräte reichen noch?«

»Klaro. Wir lassen's uns gut gehen.«

»Die Stimmung ist also okay?«

»Soweit ja. Wir –« Ein lautes Krachen war zu hören. »Hoppla! Da hat's wohl jemand ein bisschen eilig gehabt mit dem Kaffee.«

Im Hintergrund hörte man jetzt aufgeregte Stimmen, doch das Mikrophon auf der Bohrstation übertrug nur die lauten Rufe: »Aber es ist verdammt groß, Mann!«, und: »Es bewegt sich, ich schwör's.« Dann kam der junge Mann wieder ans Mikrophon. »He, ich muss mal eben weg. Die Jungs hier sind ein bisschen aufgeregt. Kabinenkoller, denke ich mal. Muss mich drum kümmern. Können Sie die Leitung stehen lassen?«

»Klar, Chris, aber was ist denn los?«

»Bin gleich wieder da, bleiben Sie dran.«

Es folgte eine lange Pause, in der außer dem statischen Zischen und Knistern nichts zu hören war. Die Männer am Tisch rutschten unruhig hin und her, die Spannung stieg. Dann kam ein zweites Krachen, ähnlich dem ersten, und schließlich hörte man Geräusche wie das Schrammen und Bersten von Metall.

Plötzlich war es still. Die Funkverbindung war tot.

Colonel Dunkelburger nahm das Band aus dem Gerät und steckte es wieder in die Tasche. »Wir wissen nicht mehr als Sie, meine Herren«, sagte er, »und das ist nicht eben viel. Seitdem haben wir keinen Funkkontakt mehr mit den Jungs gehabt. Eine Rettung auf dem Luftweg ist unter den gegenwärtigen Witterungsbedingungen ausgeschlossen, das wird General Wolfe Ihnen bestätigen.« Er sah zu Wolfe hinüber – der nickte mit ernster Miene – und fuhr dann fort: »Da draußen herrschen Winde in Sturmstärke, und sie wechseln ständig die Richtung. Kein Flugzeug kann da Kurs halten. Wie Sie wissen, haben wir eine Rettungsmannschaft auf dem Landweg in Marsch gesetzt, aber die musste unverrichteter Dinge umkehren.«

»Warum nennen Sie uns nicht die Gründe dafür, Colonel?«, fragte General Snow.

»Richtig, Sir. Nun, die Expedition ist aus verschiedenen Gründen gescheitert. Die beiden ersten Teams mussten umkehren, weil ihre Schneefahrzeuge zu leicht waren. Sie konnten sich in dem Sturm einfach nicht halten. Das dritte Team verfügte über Fahrzeuge mit einer Spezialausrüstung und konnten dem Sturm so besser standhalten, aber die Frage des Nachschubs war nicht genügend durchdacht, und der Treibstoff wurde knapp. Es ist ziemlich gefährlich, wenn unter diesen Bedingungen da draußen der Treibstoff ausgeht, denn ohne Treibstoff gibt es keine Heizung, und ohne Heizung kann da keiner lange überleben, das dürfen Sie mir glauben. Es ist kalt. Uns wurden zwei, drei Fälle von kleineren Erfrierungen gemeldet, und wir können von Glück reden, dass es bisher nichts Schlimmeres gab.«

»Und das vierte Team?«, fragte der Berater des Präsidenten.

»Das vierte Team kam gut voran. Es hatte ausgezeichnete Fahrzeuge, die mit Spezialwärmegeräten und einem Notaggregat ausgerüstet waren. Der Nachschub von Treibstoff und Nahrungsmitteln war hervorragend geregelt. Das Team arbeitete nach einem Rotationssystem. Die Männer waren drei oder vier Tage unterwegs.« Er stand auf, beugte sich über die Landkarte und zeigte auf eine kurze, gepunktete Linie. »Unser Hauptversorgungsdepot war hier in Barrow, in Nordalaska, ungefähr sechshundert Meilen von der Bohrstation entfernt. Das Packeis bildet bis zur Küste einen festen Untergrund, so dass wir die Expedition darauf losschicken konnten. Die Vorhut des Teams ist bis hierher gekommen, von dort sind es bis zur Station noch vierhundertfünfzig Meilen.«

Er griff in seine andere Innentasche, holte ein zweites Tonband heraus und schob es in das Abspielgerät.

»Zwei Schneefahrzeuge fuhren voraus«, sagte er, »beide mit zwei Mann Besatzung. Die anderen Fahrzeuge waren mit dem Nachschub beschäftigt, sie waren ungefähr eine Meile hinter diesen beiden. Zu dem zweiten Fahrzeug bestand eine Funkverbindung, das erste hatte zu dem Zeitpunkt keinen Kontakt.« Er stieß die Luft aus und fuhr sich mit dem Handrücken über die Stirn. »Es tut mir Leid, meine Herren, ich will das genauso wenig hören wie Sie, das können Sie mir glauben. Und am besten halten Sie sich gut fest.« Er ließ das Band ablaufen.

Diesmal war die Verbindung sehr viel klarer. »Wir sind immer noch unterwegs«, sagte die Stimme eines jungen Mannes. »Der Untergrund hier ist ziemlich eben. Harry macht gerade ein Nickerchen.«

»Nein, Sir«, sagte Harry, »schone nur die Augen, auf Befehl.«

»Ja, genau«, sagte die erste Stimme. »Ganz schön schwierig für die Augen. Vor meinen kriechen lauter kleine Würmer rum. Wie kann ich bloß weiße Würmer sehen, wenn alles andere auch weiß ist?«

»Haben sie schwarze Ränder?«

»Moment. Ja, ich glaub schon.« Er lachte. »Aber die Viecher halten nicht still, damit ich sie mir ansehen kann.« Einen Moment lang war Pause, dann fuhr dieselbe Stimme fort: »Gibt's bei euch Neuigkeiten?«

»Nix. Alles ist weiß und schrecklich langweilig.«

»Na ja. Wenigstens verpassen wir nicht die – He! Holla! Was zum Teufel ist denn das?«

»Was ist los?«, fragte Harry. »He! Halt an, Bud!«

Buds Stimme war plötzlich schreckerfüllt. »Wir können nicht weiter, verdammte Scheiße. Dieses Ding hier, es bewegt sich!«

»Barmherzige Mutter Gottes. Es ist lebendig!«

Man hörte einen Schrei, bei dem allen im Raum Versammelten ein Schauder des Entsetzens über den Rücken lief, dann war die Verbindung tot – genau wie auf dem ersten Band. Die gespenstische Stille erfasste die Zuhörer. Nach einer ganzen Weile räusperte sich Colonel Dunkelberger.

»Wir haben nie wieder Funkkontakt zu diesem oder dem anderen Fahrzeug herstellen können. Ich habe die Untersuchung sofort abgebrochen und die Überlebenden der Mannschaft so schnell wie möglich zurückgeholt. Da das Wetter immer schlechter wird, können wir den Stützpunkt in Barrow nicht länger aufrechterhalten. Wir haben alle unsere Männer aus dem Gebiet abgezogen. Ich sollte wohl hinzufügen, wir beabsichtigen nicht, weitere Expeditionen dorthin zu entsenden, solange diese Witterung anhält.«

Der Außenminister war der Erste, der darauf das Schweigen brach. »Ich möchte gern einige Dinge geklärt haben«, sagte er. »Müssen wir annehmen, dass da draußen in diesen Stürmen ein Lebewesen exisitiert?«

»Das kann ich nicht bestätigen«, erwiderte Colonel Dunkelburger. »Wir haben keine weiteren Anhaltspunkte, außer dem, was Sie soeben gehört haben.«

»Aber Sie haben doch sicherlich Erkenntnisse von ihrem Nachrichtendienst? Sie haben Instrumente zur Entdeckung von Wärmequellen, sehe ich das richtig?«

»Nichts, was so präzise ein Lebewesen in diesen Stürmen orten könnte. Außerdem wissen wir von den Experten, dass keine nach dem Stand unseres derzeitigen Wissens bekannte Spezies bei den dort herrschenden Temperaturen länger als auch nur ein paar Minuten überleben könnte.«

»Was vermuten Sie also?«

General Wolfe unterbrach die beiden. »Bei allem Respekt, Herr Minister, wir sind hier nicht zusammengekommen, um Vermutungen anzustellen. Wir haben Sie hierher gebeten, weil wir der Ansicht waren, die Regierung sollte Kenntnis von diesen Tonbandaufnahmen haben.«

»Gut«, sagte der Außenminister. »Es versteht sich von selbst, dass Sie die volle Unterstützung der Regierung bei allen Nachforschungen oder Maßnahmen haben, die Ihrer Meinung nach nötig sind.«

»Dafür sind wir natürlich sehr dankbar«, sagte der General, »aber ich fürchte, wir können gar keine weiteren Nachforschungen anstellen. Dieses Land hat bewaffnete Streitkräfte, aber unter den gegenwärtigen Bedingungen sind sie völlig hilflos. Wir überfliegen das Gebiet ständig, mit bewaffneten und unbewaffneten Maschinen. Alle unsere Beobachtungsinstrumente sind im Einsatz, aber sie liefern keinerlei brauchbare Informationen.«

»So wie ich Sie verstehe«, sagte Dunwoody, »wollen Sie uns also weismachen, dass es in diesen Stürmen möglicherweise irgendwelche unbekannten Lebewesen gibt und dass Sie und Ihre Leute nichts dagegen tun können – sehe ich das richtig?«

»Wir wollen Ihnen gar nichts weismachen, Sir«, sagte Colonel Dunkelburger, »aber unsere Schlussfolgerungen könnte man so zusammenfassen, ja.«

Wieder herrschte bedrücktes Schweigen. Dann sagte General Snow: »Vielleicht verstehen Sie jetzt, warum absolute Geheimhaltung erforderlich ist.«

Am nächsten Morgen wachte Tess spät auf und genoss ein ausgedehntes Frühstück. Die Stimmung im Haus war allerdings gedämpft, was nicht nur mit dem verpatzten Samstag zu tun hatte, das wusste Tess. Selbst ihr Vater war nicht in seiner üblichen Sonntagslaune.

Es lag am Wetter. Das war unverändert, und die Wetterberichte ließen keine Hoffnung auf Änderung aufkommen. Die Meteorologen gestanden ihre Ratlosigkeit ein. Die Satellitenbilder enthüllten nur das, was die Menschen ohnehin schon wussten. Die arktischen Stürme tobten mit unverminderter Heftigkeit und zogen langsam, aber stetig in südliche Richtung. Seit dem Tag, an dem dieses Wetter begann, hatte es nicht mehr geregnet, und jetzt wurden erste Warnungen von einer drohenden Wasserknappheit laut. Noch war es nicht nötig, die Vorräte zu rationieren, aber die Menschen wurden aufgefordert, ihren Verbrauch so weit wie möglich einzuschränken.

Die Sache mit dem Wetter bedrückte Tess. Außerdem war sie nach den wilden Eskapaden am Tag zuvor immer noch ein bisschen müde. Doch sie zog sich so warm wie möglich an und machte sich mit der Tüte Sonnenblumenkerne auf den Weg zum Park.

Alles war so wie am Tag zuvor. Nur einige wenige Spaziergänger trotzten dem Wetter und hatten sich in den Park getraut. Tess schlang sich den Schal über Mund und Nase und atmete durch die Wolle. Ab und zu rannte sie ein bisschen, um sich warm zu halten.

Als sie zu dem kleinen Wäldchen kam, riss sie die Tüte auf und verstreute auf dem Weg durch das Dickicht die Sonnenblumenkerne. Sie lauschte den Stimmen der Vögel und der kleinen Tiere und musste über die Mischung aus Misstrauen und Freude lachen. Als sie die Tüte geleert hatte, sah sie sich sorgfältig um und kroch in ihre Höhle.

Sie war inzwischen sehr geschickt darin, die Gestalt zu wechseln. Sie hatte es lange üben müssen und früher hatte es manchmal nicht geklappt. Sie musste sich in einen geistigen Zustand versetzen, in dem sie gleichzeitig hochkonzentriert und abgelöst von jeglichem Denken war. Zunächst musste sie genau wissen, was sie sein wollte, und ein klares Bild von dem jeweiligen Tier vor Augen haben. Der nächste Schritt war sehr viel schwieriger: Sie musste sich vorstellen, wie es ist, dieses Tier zu sein. Dann musste sie loslassen. Das war das Schwierigste überhaupt, weil der Moment der Verwandlung jedes Mal ein bisschen beängstigend war. Für den Bruchteil einer Sekunde fühlte es sich an, als würde sich ihr Verstand auflösen und sich alles um sie herum in nebulöse, schwimmende, körperlose Materie verwandeln. Sobald dieser Moment vorüber war, war es auch schon überstanden. Dann nahm sie das Wesen des Tieres an, in das sie sich verwandelt hatte, und das war, auf seine Art ebenso fassbar wie ihre gewöhnliche menschliche Existenz. Früher war ihr das Wechseln manchmal nicht gelungen, weil sie im letzten Augenblick vor der Angst erregenden Auflösung zurückgeschreckt war und sich an ihre sichere und feste Gestalt geklammert hatte.

Erst später hatte sie herausgefunden, wie Gedanken, innere Anspannung und Ängstlichkeit den Prozess der Verwandlung behinderten. Seither stürzte sie sich spontan, ohne großartig nachzudenken, in die Form, die ihr vorschwebte. Geschützt in verschiedenen Höhlen war Tess in die Gestalt der meisten in freier Wildbahn lebenden Tiere und der meisten Haustiere geschlüpft, aber auch die bekanntesten Vögel hatte sie schon ausprobiert. Sie wusste mit absoluter Gewissheit, dass sie sich in jedes erdenkliche Tier verwandeln konnte.

Sobald sie wieder ein Eichhörnchen war, machte Tess sich auf die Suche nach dem Streifenhörnchen. In ihrer unmittelbaren Umgebung fand sie keine Spur von ihm, also huschte sie in den Bäumen rauf und runter und sprang durch das Geäst. Doch nach einer Weile fiel es ihr schwer, sich auf ihr Vorhaben zu konzentrieren. Alle anderen Eichhörnchen sammelten in hektischer Betriebsamkeit die Sonnenblumenkerne auf, die sie ausgestreut hatte, um ihre Vorräte für den Winter aufzufüllen. Sie selbst widerstand eine Weile lang, doch schließlich erwies sich die Versuchung als zu stark. Obwohl sie wusste, dass sie selber die Kerne mitgebracht hatte und es nicht nötig war, Vorräte anzuhäufen, setzte sich der Eichhörncheninstinkt in ihr durch, und Tess schloss sich den anderen an.

Es war ein schönes Eichhörnchengefühl, Nahrung in Hülle und Fülle zu finden. Immer wieder stopfte sie sich die Backen voll und eilte in ihre Höhle zurück. Die anderen Eichhörnchen, die Vögel und Feldmäuse um sie herum waren erfreut über den reichen Segen, und Tess wusste, sie hatte ihr Taschengeld nie besser angelegt.

Das Streifenhörnchen hatte sie immer noch nicht wieder gesehen. Von Zeit zu Zeit erinnerte sie sich daran und sprang in eine Baumkrone in der Hoffnung, es von dort oben zu erspähen. Dann sammelte sie weiter und vergaß es.

Der Tag schritt voran und Tess hatte einen stattlichen Haufen Sonnenblumenkerne in ihrer Höhle zusammengetragen. Sie wusste, es war bald Zeit, nach Hause zu gehen, da fiel ihr wieder der Silberring ein. Eilig leerte sie ihre Backentaschen und rannte zu der dunklen Stelle, wo sie ihn versteckt hatte. Der Stein war da, groß und schwarz, aber als sie um ihn herum nach dem Ring suchte, war nichts zu entdecken. Tess setzte sich und dachte nach, soweit ein Eichhörnchen nachdenken kann, doch sowohl in ihrem Eichhörnchenverstand als auch in ihrer menschlichen Erinnerung wusste sie genau, dass sie den Ring hier, hinter diesem Stein, versteckt hatte. Sie setzte die Suche fort, suchte die ganze Höhle ab, schob mit flinken Eichhörnchenpfoten welkes Laub und tote Zweige beiseite und tastete danach, wo es zu dunkel war, um etwas zu sehen. Plötzlich wurde ihr klar, dass das Streifenhörnchen den Ring genommen hatte. Sie saß regungslos und versuchte verzweifelt, diesen Gedanken abzuschütteln, aber sie wusste, es musste so sein. Das Streifenhörnchen war so ein guter Freund und Spielkamerad gewesen, doch jetzt hatte es sie derart enttäuscht: es hatte den Ring genommen und war damit verschwunden. Das erfüllte ihr Herz mit solcher Traurigkeit, dass sie sich nicht wieder in Tess verwandeln wollte. Denn sie wusste, alle Geschöpfe auf der Erde sind manchmal traurig, aber nur die Menschen bewahren ihre Traurigkeit wie einen Vorrat von Nüssen auf und zehren für lange Zeit davon.

Sie musste sich aber zurückverwandeln, weil ihre Hausaufgaben für morgen und eine ganze Woche Schule vor ihr lagen, bevor sie wieder herkommen und frei sein konnte. Sie verwandelte sich, noch ehe sie richtig darüber nachgedacht hatte. Mit ihrer Hand tastete sie den Boden hinter dem Stein sorgfältig ab, doch es bestand jetzt kein Zweifel mehr, der Ring war verschwunden. Das Häufchen Sonnenblumenkerne, das ihr als Eichhörnchen so riesig vorgekommen war und sie mit Befriedigung erfüllt hatte, sah jetzt winzig und armselig aus. Sie nahm die Kerne in die Hand und verstreute sie auf dem Boden des Dickichts, bevor sie sich auf den Heimweg machte.

5

Der Montag zog sich hin, wie immer. Tess hatte ihr Buch über Nagetiere in die Schule mitgenommen und las in Mathe und Religion heimlich unter dem Tisch darin. Doch seit der Ring verschwunden war, hatte das Buch seinen Reiz verloren. Es stand sowieso nichts über wilde Streifenhörnchen in Irland drin, geschweige denn über ihre Vorliebe für Glitzerdinge.

Inzwischen hatten die anderen Mädchen in Tess' Klasse akzeptiert, dass Tess lieber für sich blieb. Sollte sie sich doch mit einem der Mädchen anfreunden wollen, müsste sie sich sehr bemühen, da machte sie sich nichts vor. Aber sie hatte es so gewollt. Doch als am Ende des Schultags ein fotokopiertes Rundschreiben an die Eltern in der Klasse verteilt wurde, wünschte sie sich, sie könnte an der allgemeinen Freudenstimmung teilhaben. Denn darin stand:

Sehr geehrte Eltern,
aufgrund des anhaltenden schlechten Wetters wird den Mädchen das Tragen der Schuluniform bis auf weiteres erlassen.
Mit freundlichen Grüßen
M. L. Harvey
(Direktor)

Tess hatte eigentlich vor, eine Haltestelle früher auszusteigen. Sie wusste, es gab von dort einen Weg durch den Park, und wenn sie den erst mal gefunden hatte, konnte sie sich nicht mehr verlaufen. Sie stellte sich vor, was für ein dummes Gesicht dieser Kevin machen würde, wenn er bemerkte, dass sie nicht im Bus saß. Sollte er sich ruhig die Beine abfrieren, was ging sie das an? Aber im letzten Moment verließ sie der Mut. Womöglich würde sie selber erfrieren, wenn sie sich verirrte und zu lange durch die Straßen wanderte. Sie hoffte, er würde nicht da sein, aber er war da, diesmal sogar auf ihrer Straßenseite. Die Hände in die Taschen gesteckt, lehnte er an der Mauer und hielt nach ihr Ausschau. Sie sah sein Gesicht einen Augenblick lang aufleuchten, als er sie erkannte, dann nahm es wieder den verschlagenen Ausdruck an, den sie schon kannte. Tess überlegte, ob sie auf die andere Straßenseite gehen sollte, aber das würde nichts nützen. Stattdessen sah sie geradeaus und ging entschlossenen Schrittes an ihm vorbei. Kevin setzte sich neben ihr in Bewegung.

Nach einer Minute deutlichen Schweigens fragte er: »Sagst du mir heute, wie du heißt?«

Tess drehte sich zu ihm um. »Ich will dir mal was sagen: Warum haust du nicht einfach ab und lässt mich in Ruhe?« Ihre Stimme war lauter, als sie beabsichtigt hatte, und eine Frau auf der anderen Straßenseite sah erstaunt zu ihnen herüber.

Kevin wandte das Gesicht ab, um seine Enttäuschung zu verbergen. Nach einer Weile sagte er: »Was ist denn das für ein Benehmen für eine junge Dame?«

»Was weißt du denn schon von Benehmen?«, sagte Tess. »Du mit deinem Gewinsel und Geschnorre.«

»Geschnorre?«, sagte Kevin.

Tess ging weiter, er hinterher.

»Wer schnorrt denn hier?«, fragte er.

»Was ist es denn sonst, wenn nicht schnorren?«

Kevin seufzte tief und nahm eine Zigarette aus der Packung.

»Du hast doch ’ne Meise, weißt du das?«, sagte er.

»Hör dir das an! Ich habe dir schon gesagt, ich will nichts mit dir zu tun haben. Du kriegst meinen Namen nicht raus, und du kriegst auch kein Geld. Das Einzige, was du von mir kriegst, ist eine eiskalte Abfuhr.«

Kevin lachte. »Das war nicht schlecht«, sagte er. »Ist dir das spontan eingefallen?«

Tess wusste nicht, ob sie wütend sein oder sich geschmeichelt fühlen sollte, und als Kevin stehen blieb und sich zur Mauer umdrehte, um seine Zigarette anzuzünden, wäre sie beinahe auch stehen geblieben. Aber diesmal ließ sie sich nicht überrumpeln. Stattdessen beschleunigte sie ihre Schritte und ging fast im Laufschritt weiter. Kevin holte sie ein.

»Du willst mir also nicht helfen?«, fragte er.

»Nein.«

»Dabei weißt du noch nicht mal, worum ich dich bitten will.«

»Ich kann es sowieso nicht. Und wenn ich es könnte, würde ich es nicht tun.«

»Aber das stimmt nicht. Du bist die Einzige, die es kann.«

»Quatsch!«

Sie gingen jetzt so schnell, dass sie den Park schon fast erreicht hatten. Mit einem Mal preschte Kevin vor und pflanzte sich vor Tess auf. Sie wollte ihm ausweichen, aber er schnippte seine Zigarette fort und packte sie fest an den Schultern. Sie erschrak, überrascht von der plötzlichen Bewegung und auch von seiner Kraft. Doch als sie den Ausdruck in seinem Gesicht sah, versuchte sie nicht sich zu befreien. Denn darin steckte keine Durchtriebenheit mehr, keine Angst. Er schaute ihr direkt ins Gesicht, und seine Augen waren klar, sein Blick eindringlich und ernst.

»Ist es wirklich möglich?«, sagte er. »Hast du es immer noch nicht geschnallt?«

Tess wollte eine schlagfertige Antwort geben, aber ihr fiel nichts ein. Sie spürte, dass dies nicht der richtige Moment für schlaue Bemerkungen war.

Langsam, als spräche er mit einem kleinen Kind, fuhr Kevin fort: »Hast du wirklich geglaubt, es gibt im Phönix-Park Streifenhörnchen?«

Tess blieb der Mund offen stehen. Sie rief sich den Samstag wieder ins Gedächtnis. Sie hatte so sehr aufgepasst. Es war unmöglich, er konnte sie nicht gesehen haben. Er nahm die Hände von ihren Schultern und hauchte in sie hinein, um sie zu wärmen. Tess stand sprachlos und wie angewurzelt da und starrte ihn an. Kevin steckte die Hände wieder in die Taschen und das listige Glitzern kehrte in seine Augen zurück. Und in dem Moment, als ihr einfiel, wie sie das Streifenhörnchen mit demselben Ausdruck angesehen hatte, nahm Kevin ihre Hand samt Handschuh und ließ etwas hineinfallen.

Es war der silberne Ring.

Tess befürchtete, all ihre Gefühle würden sich auf ihrem Gesicht spiegeln. All die Jahre des Schweigens, der Geheimhaltung und der Schuldgefühle waren vorbei. Sie war nicht mehr allein. Sie hätte Kevin umarmen können, trotz seiner abgetragenen Kleider, aber er sprach schon weiter.

»Bist du jetzt bereit zu helfen?«, fragte er.

Tess war verdutzt. »Aber wie denn? Was soll ich denn bloß tun?«

»Ich weiß es auch noch nicht«, sagte Kevin und ließ den Blick über den Park schweifen, »aber wenn du dich heute Abend mit mir triffst, erfahren wir mehr.«

»Ich soll mich mit dir treffen? Wo denn?«

»An der Connolly Station. Um eins.«

»Um eins?«

»Ist das zu früh?«

»Zu früh?«

»Lass dir was einfallen«, sagte er. »Du musst dich aus dem Haus schleichen. Und dann musst du dahin kommen.«

»Aber das geht nicht«, sagte Tess. »Wie soll ich das machen?«

Kevin hauchte wieder auf seine Finger und zuckte mit den Achseln.

»Wenn es nicht geht, dann geht es nicht«, sagte er und entfernte sich langsam. »Ich bin auf jeden Fall da.«

Sie sah ihm nach. Sie wusste nichts über ihn, einfach gar nichts. Dann dachte sie wieder an das Streifenhörnchen, das mit ihr herumgerannt war und gespielt hatte, das den Nachmittag mit ihr verbracht hatte. In dem Moment glaubte sie, ihn doch zu kennen, zumindest ein Stück weit.

»Kevin?«, rief sie ihm hinterher.

Er drehte sich um. »Was?«

»Ich heiße Tess.«

Er lächelte und hielt beide Daumen in die Höhe. Doch als sie auf ihr Haus zuging, war ihr Herz bleischwer. Wie sollte sie das tun, worum er sie gebeten hatte?

6

Tess lag wach im Bett und lauschte, während ihre Eltern schlafen gingen. Durch die Wand hörte sie ihre Stimmen, konnte aber nicht verstehen, was sie sagten. Dem Klang nach war es zumindest kein Streit. Solange ihre Eltern zufrieden waren, war auch die Stimmung im Haus friedlich und entspannt. Doch das machte Tess heute nicht glücklicher.

Kevin hatte sie um ihre Hilfe gebeten und sie würde ihn enttäuschen. Die Uhr an der Wand zeigte fünfundzwanzig Minuten nach zwölf. Selbst wenn sie um diese Zeit den langen Weg quer durch die Stadt wagte, würde sie nicht mehr rechtzeitig ankommen. Denn die letzten Busse kamen jetzt aus der Stadt und fuhren ins Depot. Und ein Taxi wäre zu teuer, vorausgesetzt, sie würde überhaupt noch eines finden. Um die Verabredung einzuhalten, hätte sie vor über einer Stunde aufbrechen müssen. Es ging nicht. Verstand er das nicht? Welche Eltern würden ihrer dreizehnjährigen Tochter erlauben, sich mitten in der Nacht mit einem Jungen zu treffen, den sie noch nie zuvor zu Gesicht bekommen hatten?

Sie hätte möglicherweise die Ausrede erfinden können, dass sie bei einer Freundin übernachten wollte, wenn sie in der Gegend eine gehabt hätte. Wäre sie mit jemandem in die Disco oder ins Kino gegangen, hätte sie das Risiko eingehen können, sich anschließend mit Kevin zu treffen und, von den Eltern hoffentlich unbemerkt, später nach Hause zu kommen. Aber sie kannte niemanden, der mit ihr ausgegangen wäre, und sie wusste auch nicht, wohin sie hätte gehen sollen. Erst vor zehn Minuten hatte ihr Vater wie jeden Abend den Kopf zur Tür hereingesteckt und gelauscht. Sie hatte so tief und regelmäßig geatmet wie möglich. Einzelkind zu sein war schrecklich. Fünf nach halb eins. Armer Kevin. Bald würde er dort sein und ganz allein unter all den Obdachlosen und Trinkern auf sie warten und nach ihr suchen. Und sie lag hier kreuzunglücklich in ihrem gemütlichen Bett und fühlte sich völlig unfähig und nutzlos.

Sie drehte sich auf die Seite, aber sie würde noch lange nicht einschlafen können, das wusste sie. Die Uhr an der Wand tickte erbarmungslos. Draußen fuhr ab und zu ein Auto vorbei und auf dem Baum vor dem Haus rief eine Eule.

Tess lauschte, der vertraute Ruf beruhigte sie ein wenig. Aber irgendwie klang er heute merkwürdig, anders als sonst. Oder waren ihre Nerven überspannt? Sie seufzte und drehte sich wieder um.

»Du Dumme«, rief die Eule. »Du Dumme.«

Tess sprang aus dem Bett, noch ehe sie richtig begriffen hatte. Natürlich! Am liebsten hätte sie vor Freude laut gejubelt, wenn sie nicht Angst gehabt hätte, ihre Eltern zu wecken. So leise sie konnte, öffnete sie das Fenster und kletterte auf die Fensterbank. Die eisige Nachtluft blies ins Zimmer. Sie würde das Fenster nicht hinter sich schließen können. Pech!

Im nächsten Moment flog eine Schleiereule hoch über den Dächern in Richtung Stadtmitte. Es war eine junge, kräftige Eule, die sich an ihrer Fähigkeit zu fliegen außerordentlich erfreute.

Tess kannte die Connolly Station gut. Obwohl sie und ihre Eltern erst seit knapp drei Monaten in Dublin lebten, waren sie auch früher schon oft in die Stadt gekommen, um größere Einkäufe zu erledigen oder ins Theater zu gehen. Und meistens waren sie mit dem Zug dorthin gefahren.

Es war ihr ein Leichtes, den Bahnhof aus der Luft auszumachen. Die Straßen lagen wie auf einem Stadtplan unter ihr, und nachdem sie die Eisenbahngleise, dort wo sie den North Strand, eine der Hauptverkehrsstraßen, kreuzten, erkannt hatte, musste sie ihnen nur noch folgen. Der schwierigste Teil bestand darin, einen Platz zu finden, wo sie landen und ungesehen ihre Gestalt verändern konnte. Von diesem Problem wurde sie jedoch abgelenkt, weil plötzlich eine zweite Eule auftauchte. Sie kam im großen Bogen von hinten herangeflogen, und als sie auf Tess' Route einschwenkte, stieß sie mit ihr zusammen, so dass Tess das Gleichgewicht verlor und einen Augenblick lang ins Trudeln geriet. Als sie sich gefangen hatte, kam die andere Eule wieder an ihre Seite. Tess befürchtete, sie hätte Gebietsansprüche verletzt und einen anderen Vogel beleidigt. Wenn er sie wegfliegen ließ, war alles in Ordnung, aber wenn er weiterhin aggressiv wäre, würde sie entweder zur Landung gezwungen oder zu weit vom Bahnhof abgedrängt werden, um rechtzeitig zu Kevin zu gelangen.

Aber die Eule rempelte sie nicht wieder an, sondern blieb eine Weile neben ihr, flog dann ein wenig voraus und kreuzte ihre Flugbahn, woraufhin Tess nach rechts ausweichen musste. Nach dem Manöver zog die andere Eule wieder parallel zu ihr und wandte den Kopf. In dem Moment erkannte Tess Kevin. Wenn Eulen lächeln könnten, hätte sie gelächelt. So nickte sie zum Zeichen des Erkennens, worauf er dreimal zwinkerte und die Führung übernahm. Sie folgte ihm über Busaras, den Busbahnhof, und das Custom House, ein großes Verwaltungsgebäude, dann bogen sie vom Fluss ab und flogen in nördliche Richtung. Die Straßen unter ihnen wurden immer enger und düsterer, bis sie zu ein paar heruntergekommenen Wohnblocks kamen, die jeweils im Viereck um einen Hof herum gebaut waren. Über dem ersten zogen sie immer kleinere Kreise, bis sie sicher waren, dass keiner sie sah, dann stieß Kevin hinab und schwebte im Gleitflug durch ein geöffnetes Fenster im zweiten Stock. Wie elegant er das gemacht hatte! Tess, dadurch wagemutig geworden, folgte ihm.

Bevor sie sich in dem Raum zurechtzufinden begann, hatte Kevin schon die Gestalt gewechselt. Auch Tess switchte. Als Eule hatte sie ihn mit ihren guten Nachtaugen klar erkennen können, aber für ihre Menschenaugen war die Dunkelheit in dem Zimmer fast undurchdringlich. Einen Moment lang war sie ganz verzagt. Ein übler Geruch hing in dem Zimmer, nach modriger Matratze, Ruß und schalem Bier. Doch das war nicht das Schlimmste.

»Kevin?«, sagte sie.

»Ja?«

»Kannst du mich sehen?«

»Nein, kaum.«

»Ich bin im Schlafanzug.«

Sie hörte sein hartes, spöttisches Lachen, und das tat ihr weh. »Hör auf«, sagte sie. »Ich hätte ja nicht zu kommen brauchen. Du hast keine Ahnung, was ich dafür auf mich genommen habe.«

»Na, was denn?«

Aber sie antwortete nicht. Sonst hätte er noch bemerkt, dass sie ihn auf keinen Fall hatte enttäuschen wollen. Deshalb sagte sie möglichst unfreundlich: »Hier wohnst du also, ja? Ist das euer Haus?«

Mit einem Streichholz zündete er erst eine Kerze und dann eine Zigarette an. »Ich wohne nirgends«, sagte er.

»Red keinen Unsinn«, sagte Tess. »Jeder wohnt irgendwo.«

»Was heißt hier jeder?«, sagte er.

Tess bibberte. Im Kerzenlicht konnte sie die fleckige Matratze in der Ecke erkennen, drum herum zerknüllte Zeitungen und leere Dosen und Flaschen. In einer anderen Ecke lagen dunkle Wolldecken auf einem unordentlichen Haufen, aber Tess hätte sie nicht angefasst, und schon gar nicht wollte sie sich eine davon um die Schultern legen.

»Wohnst du hier wirklich nicht?«, fragte sie. »Ehrlich?«

»Natürlich nicht!« Kevin klang verbittert. »Wofür hältst du mich?«

»Wo wohnst du dann?«

»Das habe ich dir schon gesagt.«

»Und wer wohnt hier?«

»Keiner. Manchmal schlafen ein paar Landstreicher hier, wenn sie keinen Platz im Wohnheim bekommen.«

Sie schlotterte vor Kälte. Kevin schien gar nicht zu bemerken, wie eisig es war. Im flackernden Kerzenlicht sah sie, wie sein nervöser Blick, den sie nun schon kannte, von einer Ecke des Zimmers zur anderen sprang. Plötzlich war sie den Tränen nah. »Was machen wir eigentlich hier?«, sagte sie. »Ich versteh das alles nicht. Wie soll ich dir denn helfen?«

Kevin zuckte die Achseln. »Das weiß ich auch nicht so genau«, sagte er, »aber es ist wichtig, das weiß ich. Die Ratten wollen mich zu jemandem bringen.«

»Die Ratten?«

»Ja. Hast du was gegen Ratten?«

Und ob Tess was gegen sie hatte! In eine Ratte hatte Tess sich noch nie verwandelt und wollte es auch niemals tun. Doch bevor sie etwas sagen konnte, sprach Kevin weiter.

»In einer Stadt ist eine Ratte so ungefähr das Beste, was man sein kann. Denen gehört doch hier alles, verstehst du? Und sie haben immer genug zu fressen.« Er lächelte, als sie angeekelt das Gesicht verzog. »Außerdem haben sie ein lustiges Leben. Die meiste Zeit bin ich eine Ratte.«

Er wartete gespannt auf ihre Reaktion. Tess versuchte sich nicht anmerken zu lassen, wie unangenehm ihr diese Vorstellung war. Denn obwohl sie einen großen Teil ihrer Zeit in der Gestalt aller möglichen Tiere verbrachte, betrachtete sie sich doch eindeutig als menschliches Wesen. Aber wenn Kevin meistens eine Ratte war, was war er dann wirklich? Allerdings erklärte es sein Verhalten, seine Nervosität, die Wachsamkeit, die sie in ihm spürte, als wäre er ständig auf der Hut vor möglichen Feinden.

»Du warst wohl noch nie eine Ratte, oder?«

»Nein.«

»Keine Angst. Es wird dir Spaß machen. Aber momentan sind alle ein bisschen durcheinander, wegen diesem Wetter. Zumindest glaube ich, es hat damit zu tun. Alle leiden darunter, nicht nur die Menschen. Deswegen habe ich dich gesucht. Ich soll mich mit jemandem treffen. Mit wem, weiß ich nicht, und es ist ziemlich weit weg.«

Während Tess ihn so betrachtete, verlor sich die Anspannung in seiner Miene, und seine Augen nahmen einen Moment lang einen verwirrten Ausdruck an, als er sagte: »Ich möchte nicht alleine gehen.«

Plötzlich drängten sich ihr alle möglichen Fragen auf. Es war zu viel, was sie mit diesem fremden Jungen zusammen unternehmen sollte, und wahrscheinlich mehr, als sie bewältigen konnte, und außerdem war es viel zu kalt, um jetzt Entscheidungen zu treffen.

»Ich muss nach Hause«, sagte Tess. »Ich muss mich aufwärmen und darüber nachdenken.«

»Zum Nachdenken ist aber keine Zeit. Es ist wichtig, Tess. Denn das mit dem Wetter wird immer schlimmer!«

»Meinst du, das weiß ich nicht? Merkst du eigentlich nicht, dass ich Frostbeulen kriege, wenn ich noch länger hier rumstehe?«

Kevin biss sich auf die Lippe. »Entschuldigung«, sagte er. »Daran hab ich gar nicht gedacht.« Er wollte sich den Parka ausziehen.

»Mach doch keinen Quatsch«, sagte Tess. »Meinst du, es ist besser, wenn du erfrierst? Also, mir kommt das Ganze lächerlich vor. Was können wir gegen das Wetter schon tun?«

»Das weiß ich nicht«, sagte Kevin und zog den Reißverschluss an seinem Parka wieder zu, »aber eins weiß ich genau. Ich bin fast mein ganzes Leben lang mit Tieren zusammen gewesen, und sie haben mich nie sonderlich beachtet. Aber jetzt ist das auf einmal anders. Sie wissen, ich bin nicht so wie sie, und sie wollen etwas von mir.«

»Ich versteh überhaupt nichts mehr, Kevin«, sagte Tess, »und mir ist so kalt, ich kann gar nicht mehr richtig denken. Ich muss nach Hause.«

»Aber wir können doch gleich aufbrechen«, sagte er. »Mensch. Wenn wir erst mal unterwegs sind, frierst du auch nicht mehr.« Während er sprach, deutete er auf ein großes Loch in der Fußleiste neben dem offenen Kamin.

»Als Ratte?«, fragte Tess.

»Na klar.«

Tess schüttelte den Kopf, und im selben Moment verwandelte sie sich wieder in eine Eule. Sie hüpfte aus dem Fenster und flog direkt auf den Park zu. Beim Fliegen wurde ihr allmählich wärmer und sie fühlte sich wohler. Das war doch alles völlig verrückt! Sie wollte sich nur in ihrem Bett verkriechen und die ganze Sache vergessen. Aber dazu kam es nicht. Als sie auf der Fensterbank ihres Zimmers landete, bemerkte sie Kevin unmittelbar hinter sich.

7

Sie standen sich in Tess' Zimmer gegenüber.

»Gute Nacht, Kevin«, sagte Tess.

»Du gehst also ins Bett?«

»Ja.« Sie wollte das Fenster zumachen und die Nacht mit all den seltsamen Ereignissen ausschließen, damit es im Zimmer wieder warm werden konnte. Aber vorher musste Kevin gehen. Sie kletterte also ins Bett und stopfte die Decken um sich fest. Kevin ging im Zimmer herum und sah sich ihre Sachen an. Tess war das unangenehm. Sie fühlte sich immer unwohl, wenn jemand zu ihr nach Hause kam, dessen Eltern nicht so wohlhabend waren. Manchmal bekam sie sogar Schuldgefühle, statt wie ihre Eltern stolz auf ihren Lebensstandard zu sein.

»Du hast eine Menge Bücher«, sagte Kevin.

»Gut beobachtet.«

»Hast du sie alle gelesen?«

»Die meisten.«

Er nahm einen dicken Band aus dem Regal und schlug ihn auf. »Interessierst du dich für Mythologie?«

»Mein Vater liest so was gern. Die meisten Bücher darüber hat er gekauft.«

»Liest du sie auch?«

»Wenn ich schreckliche Langeweile habe.«

Kevin blätterte in dem Buch. »Das sieht ganz interessant aus«, sagte er. »Das kenne ich noch nicht.«

Tess seufzte und drehte sich zur Wand, aber er verstand den Wink nicht und sagte: »Ich bin oft stundenlang in der Bibliothek.«

»Ach ja? Wenn du nicht gerade als Ratte die Mülleimer anderer Leute durchwühlst?«

Sie konnte ihn nicht sehen, aber in dem folgenden Augenblick der Stille stellte sie sich seinen Gesichtsausdruck vor, dann sagte er: »Genau. Oder ihre Küchen ausplündere oder ihre Babys aufwecke. Ratten sind überhaupt nicht so schlimm, wie du glaubst. Du solltest sie nicht unterschätzen. Sie haben auch ihre Verhaltensregeln, auch wenn sie nicht die gleichen sind wie deine. Und sie haben eine Sprache.«

»Das haben alle Tiere.«

»Nein, das stimmt nicht. Alle Tiere können sich auf eine bestimmte Weise verständigen, aber Ratten haben eine echte Sprache, eine Art Bildersprache.«

Tess schwieg, und nach einer Weile fuhr Kevin fort: »Solche Sachen gefallen mir, mit diesen Helden und Göttern und den ganzen wunderbaren Tieren. Das ist das Beste an den Menschen, wenn du mich fragst. Ihre Phantasie.«

»Ich hab dich aber nicht gefragt«, sagte Tess und bereute ihre Worte im selben Moment. Jetzt war sie einen Schritt zu weit gegangen.

Kevin schmiss das Buch durch das Zimmer. Es prallte hinter ihrem Kopf an die Wand und landete auf dem Kissen, direkt neben ihrer Nase. Sie setzte sich auf.

»Du spinnst wohl, Kevin!«, sagte sie, so laut sie sich traute. »Du weckst meine Eltern auf!«

»Deine Eltern, ja? Deine liebe Mami und deinen lieben

Papi? Denen kann das ja alles egal sein, he? Hauptsache, bei dir ist alles in Ordnung und du hast es warm unter deiner Daunendecke und mit deiner Zentralheizung und deinem bequemen Leben. Und der Rest der Welt, der kann verrecken, so lange es dir nur gut geht!«

»Psst, Kevin, schrei nicht so! Ich verstehe nicht, wovon du redest, begreifst du das denn nicht? Und ich weiß nicht, wie ich dir helfen soll.«

»Ich doch auch nicht!«, sagte Kevin. »Ich weiß nur, es geht um was Wichtiges. Ich will es rauskriegen. Aber auch, wenn da nichts dran sein sollte.«

Er setzte sich auf die Bettkante. Tess lauschte ängstlich. Jeden Moment würde sie die Schritte ihres Vaters im Flur hören.

»Du musst mir helfen, Tess«, fuhr Kevin fort. »Du musst einfach. Ich kann das nicht alleine. Außerdem habe ich nicht mehr viel Zeit.«

»Was meinst du damit?«

»Das bleibt nicht ewig so, verstehst du, diese Fähigkeit, die wir haben. Wusstest du das nicht?«

»Nein.«

»Nur bis wir fünfzehn sind.«

»Woher weißt du das?«

»Jemand hat es mir gesagt. Sie war auch ein Switcher. Und sie hatte es von einem anderen Switcher erfahren. Nach ihrem fünfzehnten Geburtstag konnte sie sich nicht mehr verwandeln. Dann ist es vorbei.«

Die Nachricht traf Tess wie ein Schlag. Sie hatte geglaubt, sie würde ihr Leben lang diese Fähigkeit besitzen – das Einzige, worauf sie sich verlassen konnte.

»Jeder begegnet irgendwann einem anderen, der es ihm

erzählt«, sagte Kevin, »und wir begegnen alle jemandem, dem wir es sagen müssen. Ich weiß nicht, wie das funktioniert oder warum das so ist, aber es scheint so zu sein. Jedenfalls bin ich jetzt fast fünfzehn, verstehst du? Und was hier gerade passiert, macht mich nervös.«

»Ich soll also mitkommen und Händchen halten?«

Als sie Kevins niedergeschlagenen Ausdruck sah, wusste sie nicht, warum sie so abweisend und unfreundlich war. Sie legte sich zurück in ihr Kissen und wollte darüber nachdenken, und Kevin saß still auf der Bettkante und sah sie auf seine nervöse Art immer wieder von der Seite her an.

Tess wurde sich auf einmal in aller Klarheit bewusst, wie sinnlos das Nachdenken war. Wenn sie sich weigerte mitzumachen und ihn fortschickte, würde sie nie erfahren, worum es ging und ob sie mit ihrer Gabe etwas an dieser Welt verändern könnte. Für den Rest ihres Lebens würde sie dann mit dieser Ungewissheit leben müssen.

Sie musste mitgehen, und wenn es noch so verrückt war. Ihr blieb gar keine Wahl.

Sie seufzte und warf die Bettdecke zurück. Ein Ausdruck freudiger Überraschung zog über Kevins Gesicht, und er wandte sich schnell ab, damit sie es nicht sah. Doch als er den Raum durchquerte, zeigte sein beschwingter Schritt ihr, was er fühlte. Sie zog sich Jeans und zwei Sweatshirts über den Schlafanzug, darüber einen dicken Pullover und zwei Paar Socken. Kevin blieb in ihrem Zimmer, während sie sich wie ein Einbrecher in ihrem eigenen Haus nach unten schlich, um Daunenjacke und Handschuhe zu holen.

Als sie wieder ins Zimmer kam, zögerte sie. Die Angst

vor der Gefahr, in die sie sich begab, war nichts verglichen mit dem Gefühl, das sie jetzt packte. Sie wusste mit absoluter Sicherheit, dass sie bis zum nächsten Morgen nicht in ihr Zimmer zurückkehren und es für ihre Eltern ein furchtbarer Schock sein würde, wenn sie sie wecken wollten und das Zimmer leer vorfanden. Ihr Magen krampfte sich zusammen, aber es gab jetzt kein Zurück mehr. Ihre Hände zitterten mehr vor Anspannung als vor Kälte, als sie in der Schublade ihres Schreibtisches nach dem Briefpapier suchte, das ihre Tante ihr zu Weihnachten geschenkt hatte. Dann setzte sie sich und nahm ihren Füller.

Das Papier war mit Schwänen in zartem Blau und Gold bedruckt. Kevin beugte sich über ihre Schulter. »Schönes Papier«, sagte er.

»Pssst.«

Liebe Mami, lieber Papi, schrieb sie. Ich muss für eine Weile fortgehen. Leider kann ich nicht erklären, warum, aber ihr müsst mir vertrauen, nur dieses eine Mal. Ihr braucht mich nicht suchen zu lassen, das wäre reine Zeitverschwendung. Ich verspreche, ich werde auf mich aufpassen, und ihr müsst versprechen, auf euch aufzupassen und euch nicht zu viele Sorgen zu machen. Ich komme, so bald es geht, zurück. Ich hab euch von ganzem Herzen lieb. Tess. Mit tausend Umarmungen.

»Igitt«, sagte Kevin, »›von ganzem Herzen‹.«

Tess drehte sich zu ihm um. »Halt den Mund«, zischte sie ihn an. »Halt deine dämliche Klappe. Bloß, weil du niemanden hast.«

Er wandte sich achselzuckend ab, und Tess tat ihre

Schärfe Leid, denn sie begriff zum ersten Mal die Wahrheit in diesem Satz: Kevin hatte niemanden. Niemanden auf der ganzen Welt. Sie steckte den Brief am Kopfkissen fest und sah sich noch einmal in ihrem Zimmer um. Dann ging sie mit Kevin zum Fenster.

Und wieder schwebten die beiden Eulen über die Stadt. Kevin flog auf dem Weg zur Connolly Station voran, hielt jedoch nicht auf die Wohnblöcke zu, sondern auf ein Baugrundstück ganz in der Nähe, wo einige Häuser abgerissen worden waren. Eine neue Siedlung war hier geplant, aber nie gebaut worden. Sie flogen ein-, zweimal darüber hinweg und prüften das Gelände, bevor sie zur Landung ansetzten.

Zwei Häuserblöcke weiter stand eine Gruppe junger Männer um ein Auto herum, aber sie waren so weit entfernt, sie würden keine Bedrohung darstellen. Als die Eulen sich in immer kleiner werdenden Kreisen ihrem Landeplatz näherten, bemerkte Tess mit ihren guten Nachtaugen voller Entsetzen, dass es dort von Ratten nur so wimmelte. Obwohl um das Gelände ein hoher Stacheldrahtzaun gezogen war, hatten die Menschen aus den anliegenden Häusern es in eine Müllkippe verwandelt. Hauptsächlich lagen große Gegenstände wie ein paar alte Sofas, aus denen die Polsterfüllung herausquoll, ausrangierte Fernseher und Kühlschränke und Matratzen mit herausstehenden Sprungfedern herum. Doch es gab auch aufgeplatzte schwarze Plastiksäcke, deren Inhalt – leere Dosen, Gemüseabfälle und Teebeutel – um sie herum verstreut lagen. Eine wunderbare Brutstätte für Ratten.

Als die Eulen sich dem Platz näherten, stoben die Ratten auseinander und suchten überstürzt Deckung. Dann war es ruhig. In diese tiefe Stille hinein landeten die beiden Eulen, und bevor Tess auch nur Luft schöpfen konnte, hatte Kevin sich vor ihren Augen in eine Ratte verwandelt.

Es war merkwürdig, dabei zuzuschauen. Tess hätte den Vorgang kaum zu beschreiben vermocht, denn in gewisser Weise sah es genauso aus, wie es sich anfühlte. Sie hatte das gleiche schwindelerregende Gefühl, dass die Welt um sie herum verschwamm und sich verflüssigte, als würde der Betrachter in den Verwandlungsprozess wie in einen Strudel hineingezogen. Sie sah, wie Kevin sich ein wenig entfernte und dann stehen blieb und zurückblickte. Tess stand still, die Flügel angelegt, und sah sich mit ihren großen Augen um, denen auch in der Dunkelheit nichts entging. Überall waren Ratten, sie streckten ihre Nasen aus Blechdosen und Papiertüten heraus und lugten unter Teppichresten hervor, wo sie sich versteckt hatten. Kevin richtete sich auf seinem Schwanz auf, und seine Schnurrbarthaare zitterten auf dieselbe nervöse Art, die er auch als Mensch hatte. Tess wollte bei ihm sein, aber sie konnte sich nicht rühren. Es war ihr einfach nicht möglich, sich zu dieser Verwandlung zu überwinden.

Ratten waren ihr nicht nur als Mensch zuwider – alle Tiere, in die sie sich je verwandelt hatte, verabscheuten Ratten. Die Vögel, weil Ratten jedes Nest plünderten, an das sie herankamen, und sich jedes angebrütete Ei holten und jedes flügge gewordene Junge, das sich von den wachsamen Eltern entfernt hatte. Katzen und Hunde, weil Ratten stahlen und provozierten und manchmal, wenn sie sehr hungrig waren, auch einen Welpen oder ein junges Kätzchen raubten. Andere Aasfresser verabscheuten Ratten, weil sie gierig und aggressiv waren und jedes Mal siegreich aus einer Auseinandersetzung hervorgingen. Selbst große und gutmütige Tiere wie Pferde oder Rinder mochten keine Ratten, weil die vor nichts Respekt hatten und alle Nahrung, die sie selbst nicht fressen konnten, beschmutzten.

Kevin kam wieder zu Tess. Die anderen Ratten spürten, sie stellte keine Bedrohung dar, und wagten sich wieder aus ihren Verstecken hervor. Langsam bewegte Tess den Kopf von einer Seite zur anderen. Sie hatte keine Angst. Eine Eule kann es jederzeit mit einer Ratte aufnehmen. Sie musterte die Ratten ausgiebig und stellte sich mit ihrem Euleninstinkt genüsslich vor, wie sie die Fetteste von ihnen packte und mit ihr auf einen Baum flog. Doch so weit kam es nicht. Von der Straße her war das Tap-tap-tap von Hundepfoten auf Pflastersteinen zu hören. Die Ratten erstarrten. Der Hund kam an den Zaun, blieb stehen und blickte Tess genau in die Augen. Mehrere Sekunden vergingen in gespannter Erwartung. Plötzlich bellte der Hund mit erwachtem Jagdfieber auf und zwängte sich ungestüm durch einen Spalt im Zaun.

Im Nachhinein konnte Tess nicht verstehen, warum sie sich nicht anders entschieden hatte. Es wäre leicht und wahrscheinlich viel sicherer gewesen, wenn sie einfach davongeflogen wäre, aber das tat sie nicht. Die nahende Gefahr löste sie aus ihrer Starre und einen Augenblick später rannte sie um ihr Leben. Sie heftete sich an Kevins Schwanz und rettete sich mit einem Sprung in das klaffende Polster einer umgestürzten Couch. Zusammen mit mehreren anderen Ratten schlängelte sie sich zwischen

Sprungfedern und Polsterfüllung ins Innere, wo sie in Sicherheit waren. Sie hörten, wie der Hund kratzte und schnüffelte, konnten aber gewiss sein, dass er sie nicht finden würde. Und so war es auch, denn schon bald gab er auf und trollte sich. Die Ratten verschwendeten keine Zeit. Kaum war der Hund auf der Straße davongetrottet, tummelten sie sich wieder im Freien. Plötzlich wirbelten lauter beunruhigende Bilder in Tess' Kopf durcheinander: Die Eule im Maul des Hundes, überall stoben Federn umher. Sie selbst als Ratte zwischen seinen Zähnen, und das entsetzliche Knacken, wenn er ihre Knochen zermalmte. Sie blieb regungslos stehen und versuchte die Bilder aus ihrem Kopf zu verscheuchen. In dem Moment zupfte Kevin ihr an den Schnurrbarthaaren. Da fiel ihr wieder ein, was er über die Rattensprache gesagt hatte, und sie verstand, dass er ihr diese Bilder zugesandt hatte. Er war sauer. Doch bevor sie sich überlegt hatte, wie sie ihm antworten sollte, näherte sich eine andere Ratte, dann noch eine, und in ihrem Kopf überstürzten sich die Ausdrücke und Bilder, die sie ihr übermittelten.

»Ihr bei uns, ihr zwei, he? Tag und Nacht, Tag und Nacht, wir gucken, horchen, he?«

Tess war überrascht, wie gut sie sie verstand.

»Ihr zwei schlaft wohl, he? Tag und Nacht, Tag und Nacht. Mit fettem Speck voll, he? Wollt wohl Babys machen, he?«

Tess war schockiert, aber Kevin sprang voller Wut auf die Ratte, die dieses Bild geschickt hatte, und biss ihr ins Ohr. Sie quiekte laut auf. »Ohr ab, nanananana! Sitzt wohl ruhig, ihr zwei, Tag und Nacht, leere Straßen, leerer Himmel.«

Jetzt war es Kevin, der die Bilder weitergab: »Langer Kanal, langer Treidelpfad. Wir zwei, viele Straßen.«

Tess war dankbar, dass er nicht ihr die Schuld an der Verspätung gab. »Viele Straßen, viele Straßen, ja«, dachte sie und war überrascht, als die anderen nickten und mit den Schnurrbarthaaren zuckten.

»Ja, ja, viele Straßen. Viele Straßen hinten, viele Straßen vorne, los, renn, alte Frau beim Feuer, guckt wo ihr zwei, horcht wo ihr zwei, los, he?«

Und los ging's. Über das Ödland und in ein Loch, dass sie unter die Fundamente der umliegenden Häuser und in ein Wirrwarr von unterirdischen Gängen führte, gesäumt von Backsteinen, Erde und Schutt.

Kevin lief mit der Ratte, der er ins Ohr gebissen hatte, vorneweg. Die andere fremde Ratte lief neben Tess und betrachtete sie, wie Tess fand, mit einem dümmlichen Grinsen von der Seite. An Stellen, wo der Tunnel enger wurde, liefen Kevin und sein Begleiter hintereinander, bis sich der Weg wieder weitete. Doch Tess' Begleiter schien das Prinzip nicht zu begreifen. Immer, wenn sie schneller wurde, um eine enge Stelle zu passieren, wurde auch er schneller, und wenn Tess das Tempo drosselte, tat er das Gleiche, und die ganze Zeit über sah er Tess mit dem gleichen dümmlichen Ausdruck an. An ein, zwei schmalen Stellen zwängten sie sich mühsam durch, doch schließlich blieben sie an einem Engpass richtig stecken.

»Hoppla«, sagte der Begleiter in der Rattensprache. »Eng, eng. Wir zwei, ooohh, ganz dünn, ganz dünn, he? Quetsch.«

Tess machte sich lang und dünn, und nach kurzem Gerangel waren sie wieder frei. Sie rannten weiter und schlossen wieder zu den beiden Ratten vor ihnen auf. In den Gängen unter den Häusern war es dunkel, und Tess stellte fest, dass sie sich nicht mit den Augen, sondern mit einem anderen, ihr unbekannten Sinn orientierte. Sie wusste, was um sie herum war, und bemerkte, wann der Tunnel enger und breiter wurde, obwohl sie nur sehr wenig sehen konnte. Nach einer Weile erreichten sie einen Kellerraum, in den durch ein Gitterrost Licht von einer Straßenlaterne fiel. Die Ratten blieben stehen und sahen sich vorsichtig um, bevor sie hastig den Raum durchquerten, der ihnen nach den engen Gängen riesig vorkam. Auf der gegenüberliegenden Seite bildeten sie wieder eine Reihe, um durch ein Loch im Boden zu schlüpfen. Kevin war vor Tess, und als er dort verschwand, bemerkte sie, dass an seiner rechten Hinterpfote zwei Zehen fehlten. Doch bevor sie sich lange darüber wundern konnte, war ihr Begleiter wieder an ihrer Seite.

»Lange Nase«, sagte er.

»He?«

»Lange Nase.«

Wieder näherten sie sich einer Verengung, und diesmal blieb Tess stehen und dachte so klar wie möglich, sie sollten ganz vernünftig und höflich nacheinander hindurchschlüpfen. Doch zu ihrem Ärger blieb ihr Begleiter ebenfalls stehen und wiederholte: »Lange Nase.«

Sie machte einen Satz auf den Durchgang zu, aber er war schnell neben ihr, und sie wären sicherlich wieder stecken geblieben, wenn Tess nicht gestoppt hätte. Er packte ihre Schnurrbarthaare und zerrte an ihr, bis sie ihm ins Gesicht sehen musste. Im Dunkel konnte sie nur seine Umrisse erkennen.

»Lange Nase«, sagte er und packte sich an die Nase. Erst jetzt fiel ihr seine tatsächlich ungewöhnlich lange Nase auf.

»Lange Nase«, sagte sie und freute sich über die Rattensprache, die auch solche Bemerkungen erlaubte. »Ja, ja, sonnige Tage, glückliche Ratten, lange Nase. Ich durchs Loch, du durchs Loch hinter mir, he?«

Er zog die Nase kraus. »Ja, ja«, sagte er, und sie schoss durch den Engpass hindurch, bevor er es sich anders überlegen konnte.

Kevin und sein Freund hatten auf sie gewartet, rannten aber wieder los, als sie die beiden kommen sahen.

»Lange Nase«, sagte Tess' Begleiter abermals.

Tess hatte langsam genug. »Lange Nase«, sagte sie, »kleiner Grips.«

»He?«

Tess machte sein Grinsen nach. »Lange Nase, du glücklich, ich glücklich, großer Sack Hafer, große Scheune, keine Katzen.«

»Nanananana. Lange Nase. Du, he?«

»Kurze Nase.«

»Nanana. Kurze Nase Ratte in Keller Hotel, viele, viele Straßen.«

Endlich begriff Tess und kam sich vor wie ein Idiot. Lange Nase war sein Symbol, sein Kennzeichen, sein Name in der Sprache der Ratten.

»Du, he?« fragte er wieder.

Tess fiel keine Antwort ein. Ihr Name bedeutete in dieser Welt nichts. Man konnte ihn nicht übersetzen. Und soweit sie sehen konnte, war sie eine ganz gewöhnliche Ratte, die sich durch nichts auszeichnete. Sie suchte nach Bildern, aber keins wollte passen.

»Eule, he?« sagte sie schließlich.

»Nanana«, sagte Lange Nase. »Nananana. Eule holt Rattenjunge, wir Ratten traurig, wir Ratten böse.«

Als sie sich wieder einer engen Stelle näherten, konnte Tess diesmal ihrem Begleiter begreiflich machen, dass sie nacheinander hindurchschlüpfen sollten. Sie rannte vor Lange Nase in die enge Öffnung und war überrascht, als es eng und dunkel blieb. Der Boden war schleimig und schlüpfrig, und es roch stark nach Kloake. Sie wartete darauf, dass sich der Tunnel weitete, aber nichts geschah, und bald hatte sie den Eindruck, es würde immer so eng bleiben. Tess bekam Platzangst. Das einzig Beruhigende war Kevins Getrappel vor ihr und das von Lange Nase hinter ihr. Der Geruch wurde immer unerträglicher und Tess begriff, dass sie sich in den Abwasserkanälen befanden. Der gemauerte Gang neigte sich und Tess rutschte auf dem glitschigen Boden aus.

»Das ist das Verrückteste, was ich je gemacht habe«, dachte sie. »Was soll das alles? Wie konnte ich mich nur dazu überreden lassen?«

Allerdings hatte sie keine Zeit, länger darüber nachzudenken, denn im nächsten Moment kam von Kevin das Bild einer Ratte mit Fallschirm, und schon fielen sie durch das Dunkel.

8

Mit einem Platschen landeten sie in kaltem Wasser. Tess schnappte nach Luft und prustete. Doch bevor sie wusste, wie ihr geschah, schwamm sie schon mit kräftigen Zügen. Da sie weder als Mädchen noch als irgendein Tier je geschwommen war, fand sie das ziemlich aufregend und kam gar nicht dazu, darüber nachzudenken, worin sie schwamm. Das spärliche Licht ermöglichte ihr gerade, die Formen der anderen schwimmenden Ratten vor sich zu erkennen, und bevor Lange Nase sich wieder an ihre Seite heften konnte, war sie mit wenigen Zügen neben Kevin. Der sah zu ihr hinüber und nickte ihr zu. Seine Augen funkelten, und sie empfing das Bild eines U-Bahnzuges, der unter einer großen Stadt dahinsauste. Gleich darauf folgte ein zweites Bild von vier Ratten, die doppelt so schnell in ihrem eigenen Untergrundsystem vorankamen. Sie hätte gelacht, wenn sie gewusst hätte, wie Ratten lachen. Nach kurzer Zeit erreichten sie einen breiteren Kanal und schwammen mit der sanften Strömung, bis sie zu einer Untiefe kamen, wo schlüpfrige Steine voller Papierreste aus dem Wasser ragten. Hier kletterten sie aus dem Kanal und tauchten wieder in ein System von Rohren und Tunneln ein.

Langsam wurde Tess müde. Der Weg durch die Rohre schien endlos, es ging ständig leicht bergan, und der Boden war überall rutschig. Sie brauchte all ihre Kraft und

Konzentration, um mit Kevin Schritt zu halten, den der Weg nicht anzustrengen schien. Dazu kam Lange Nase mit seiner irritierenden Angewohnheit, ihr bei jeder Gelegenheit auf den Schwanz zu treten.

In der Rattensprache rief sie Kevin zu: »Junge und Mädchen, draußen, tief atmen, schlafen.«

Er rief zurück: »Junge und Mädchen, im Rohr zerquetscht. Spaghetti.«

Als sie plötzlich ins Freie kamen und die kalte, klare Luft spürten, war Tess völlig erschöpft und glaubte, sie könnte keinen Schritt mehr tun. Sie wollte unbedingt menschliche Gestalt annehmen, wenigstens für einen Moment, aber bevor sie Kevin gegenüber diesen Wunsch äußern konnte, liefen sie schon weiter. Sie befanden sich auf einem Stück Ödland zwischen zwei Lagerhäusern. Tess folgte den anderen auf eine breite Straße hinaus. Nirgendwo waren Menschen oder Hunde zu entdecken, dennoch hielten sie sich im tiefen Schatten einer Mauer und rannten hintereinander daran entlang, und wo die Mauer unterbrochen war, rannten sie noch schneller. Am Ende der Straße war der Fluss. Unter den Kränen lagen Schiffe vor Anker und warteten darauf, be- oder entladen zu werden, aber jetzt war alles menschenleer. Es war still und ruhig.

Die frische Luft hatte Tess ein wenig belebt und ihr neue Kraft gegeben. Im Schutz der Mauer, die parallel zum Fluss verlief, rannte die kleine Gruppe weiter. Hier, im Licht der Straßenlaternen, waren sie viel eher Gefahren ausgesetzt als in den Abwasserkanälen, dennoch fühlte Tess sich draußen wohler. Die anderen fühlten sich erst wieder sicher, als sie die Lagerhallen hinter sich gelassen und einen Stacheldrahtzaun passiert hatten, der ein paar riesige Kohleberge umgab. Erst jetzt verlangsamten sie ihr Tempo und suchten sich in aller Ruhe ihren Weg durch das Kohlegeröll.

»Morgen«, sagte Kevin, der neben Tess lief.

»Wir glücklich«, sagte Tess. »Junge und Mädchen, auf Kohle sitzen, he? Junge, Zigaretten rauchen, he? Sprechen, he?«

»Wir vier schlafen«, sagte Kevin. »Zusammengerollt, warm.«

Diese Vorstellung behagte Tess keineswegs, aber es war klar, wie gut sie ihm gefiel. Ihr war immer noch nicht richtig wohl als Ratte, außerdem wäre es das erste Mal, dass sie in Gestalt eines Tieres schlafen würde. Die Vorstellung war ihr immer etwas unbehaglich gewesen, nicht nur, weil sie verschlafen konnte und zu spät nach Hause kommen würde, sondern auch, weil der Schlaf in gewisser Weise ein Vergessen war und sie Angst hatte, beim Aufwachen nicht mehr zu wissen, wer sie war.

Kevin stieß sie mit der Schulter an und zog die Nase kraus. Dann schoss er davon, und Tess blieb nichts anderes übrig, als ihm zu folgen.

Die vier Ratten schliefen den Tag über in einer gemütlichen Kuhle, die gut versteckt unter einer Containerbaracke am Eingang zur Kohlehalde lag. Allerdings war es keineswegs ein ruhiger Schlaf, denn über ihnen waren fast pausenlos Schritte und Stimmen zu hören. Den ganzen Tag über kamen Lastwagen auf das Gelände, deren Reifen auf dem Kohlenstaub knirschten und beängstigend nah klangen. Doch das machte Tess nichts aus. Rattenträume waren merkwürdig und beunruhigend, und sie empfand es als Erleichterung, hin und wieder geweckt und daran erinnert zu werden, wo sie war und warum. Manchmal wachte Kevin mit ihr auf, dann sandten sie sich gegenseitig ein paar Bilder zu, rieben sich zur Aufmunterung die Nasen und schliefen weiter. Manchmal wachte auch die Ratte mit dem angebissenen Ohr auf und drehte sich unruhig mehrfach um sich selbt, bis sie eine gemütliche Stellung gefunden hatte. Lange Nase wachte anscheinend überhaupt nicht auf, sondern verschlief schnarchend in zufriedener Ahnungslosigkeit das ganze Kommen und Gehen.

Den tiefsten Schlaf hatten sie in den drei oder vier Stunden, als der Hof geschlossen und die Dunkelheit noch nicht hereingebrochen war. Diese Stunden, die wie Minuten verflogen, brachten ihnen mehr Erholung als der bisherige Tag. Als sie aufwachten, brauchten sie ein paar Minuten, um sich zu putzten, bevor sie mit blanken Augen und glänzendem Fell in den merkwürdig orange-farbenen Schein traten, der nachts über den Straßen lag. Ein paar Schneeflocken tanzten in der Luft, aber es war fast windstill. Ihnen würde nicht zu kalt werden, solange sie sich bewegten. Aber sie waren hungrig, und Tess machte die Erfahrung, dass sich der Hunger einer Ratte deutlich von dem normalen, ihr vertrauten Hungergefühl unterschied. Zunächst gab er ihr ein warmes, recht angenehmes Gefühl und verlieh ihr Energie und Kraft, aber eine Stunde später war der Hunger so groß, dass sie sich plötzlich ungeheuer mutig und stolz fühlte. Sie war überzeugt, sogar einem Hund einen Knochen stehlen zu können, und wünschte sich eine Gelegenheit herbei, um das zu beweisen.

»Essen, he?«, schrie sie Kevin zu.

Er machte einen Satz, so heftig kam ihre Botschaft, aber

dann antwortete er ihr ruhig: »Keller, dunkel, schwarze Säcke, tolles Restaurant, wenige Straßen.«

Tess stellte sich ein Restaurant mit Gästen in teuren Kleidern vor, die in aller Ruhe zu Abend aßen. Manchmal ging sie mit ihren Eltern in solche Lokale, doch sie war sich sicher, dass Kevin noch nie ein gutes Restaurant betreten hatte, zumindest nicht in menschlicher Gestalt. Sie beschloss, ihn zum Essen einzuladen, wenn dies hier vorüber war. Sie hatte ein eigenes Sparkonto und könnte ihm ein paar neue Sachen zum Anziehen kaufen, wenn er sich das gefallen ließ. Das war eine schöne Vorstellung. Sie würde sich dabei auf vertrautem Boden bewegen, und er würde bestimmt verunsichert sein und noch nervöser als sonst, aber sie würde sich um ihm kümmern und das beste Essen im ganzen Lokal für ihn besorgen.

»Lange Nase.«

Nicht schon wieder. Tess hätte beinahe irritiert gequiekt. Sie wollte sich schon mit der aufgestauten Energie ihres Hungers auf ihn stürzen und ihm einen Kinnhaken versetzen, doch ihr fiel noch rechtzeitig ein, dass er wahrscheinlich auch hungrig war. Inzwischen waren sie wieder in dem Gewirr der Rattengänge, die sich wie ein Netz unter der Stadt ausdehnten, und Tess hatte sich hinter Kevin und neben Lange Nase eingereiht.

»Du, he?«, sagte er.

Tess wusste nicht weiter. Um Zeit zu gewinnen, sagte sie: »Er, he?« und schickte das Bild von der Ratte mit dem abgebissenen Ohr.

»Schwarzes Schnurrbarthaar.«

Tess war das nicht aufgefallen. »Er, he?«, sagte sie und deutete auf Kevin.

Das Bild, was ihr übermittelt wurde, war eine beunruhigende Mischung von den Eigenschaften einer Ratte, vermischt mit den Vorstellungen, die Ratten von einem Jungen hatten. Tess wollte auf keinen Fall ein solches Namensbild haben.

»Du, he?«, sagte Lange Nase wieder.

Tess schwieg.

»He? He?«

Als sie immer noch nichts erwiderte, gab er ihr einen Befehl, den eine Ratte stets befolgte, weil häufig genug ihr Leben davon abhing.

»Ganz still!«

Tess stand ganz still. Nicht jedoch Lange Nase. Er ging um sie herum, von der Nasenspitze bis zum Schwanz und murmelte vor sich hin. »He? He? Nanananana. Nix. He?« Er zupfte an ihren Schnurrbarthaaren, zwickte sie in die Nase und sah ihr in die Ohren. Er hob ihre Pfoten und zählte ihre Zähne und befahl ihr, sich aufzurichten, damit er ihren Bauch untersuchen konnte, und die ganze Zeit murmelte er: »He? Nix. Nanana. Nix.« Schließlich war er wieder hinter ihr und fummelte an ihrem Schwanz herum.

»Schwanz, zwei Zehen ab, he?«, sagte er.

Tess verstand das Bild nicht. »He?«, sagte sie.

»Drei Zehen ab, vier Zehen ab, he?«

»He?« Sie drehte sich um und wollte sehen, was er vorhatte, als er die letzten zwei Zentimeter von ihrem Schwanz abbiss. Tess quiekte und wollte sich auf ihn stürzen, aber Lange Nase sah sie verblüfft an und verteidigte sich, indem er ihr seine Kehle darbot.

»Weh!«, sagte sie. »Schwanz, autsch!«

Er hielt das Ende von ihrem Schwanz in die Luft und

maß die Länge mit der Vorderpfote. »Sieben Zehen ab«, sagte Lange Nase.

»Du Schwanz-ab-sieben-Zehen.«

Tess begutachtete die Wunde an ihrem Schwanz und war überrascht, wie wenig sie blutete. Auch tat es längst nicht so weh, wie sie befürchtet hatte. Sie konnte damit leben, dachte sie, und hätte Lange Nase auch beinahe verziehen, wenn sie nicht gesehen hätte, wie er ihr Schwanzende zufrieden verspeiste. Sie warf ihm ein Schimpfwort an den Kopf, dessen Bedeutung selbst ihm nicht verborgen bleiben konnte, und rannte los, um Anschluss an Kevin zu halten.

Die Ratten hielten sich an dem Abfall aus dem Restaurant schadlos. Es waren schon andere Ratten da, die sich über die Hinzugekommenen freuten und Neuigkeiten mit ihnen austauschten. Einer von ihnen, ein hübsch aussehender Kerl, der sich Tess als Sechs-Tage-in-der-Dachrinne-gesteckt vorstellte, zeigte ihr, wie man Rattengift erkannte und es geschickt verteilte, damit es so aussah, als wäre das meiste davon gegessen worden. Dann half er ihr, die leckersten Bissen aus den Essensresten herauszusuchen, und dazu gehörten Fischgräten, Hühnerherzen und Seifenstückchen. Tess nahm seine Freundlichkeit so dankbar an, wie es ihr als Ratte möglich war. Ihr Hunger war so groß, deshalb kam ihr alles, was sie zu fressen fand, ausgesprochen lecker vor, und jeder Bissen schmeckte noch köstlicher als der letzte.

Die Reste reichten für alle, und in dem Keller kamen und gingen die Ratten und ließen sich Zeit beim Fressen.

Sechs-Tage-in-der-Dachrinne-gesteckt kräuselte kess die Nase für Tess, bevor er ging. Die Geste verlor an Wirkung, als sie sah, wie er ein Hühnerbein für seine Kinder mitnahm.

Als Tess rund und satt war, ging sie zu Kevin und Schwarzes Schnurrbarthaar, die in einer Ecke mit zwei unbekannten Ratten plauderten.

»Ortskundige«, erklärte Kevin. »Lange Nase, Schwarzes Schnurrbarthaar schlafen in Couch auf Baugrundstück. Alte Frau beim Feuer, viele Straßen. Lange Nase und Schwarzes Schnurrbarthaar wirr, verirrt.«

»Viele Straßen, he?«, wollte Tess wissen. »Mädchen, Junge gehen, Bus fahren. Eulen, Tauben fliegen. Wir Ratten langsam. Wir Ratten müde. Wir Ratten schlafen.«

»Junge, Mädchen kratzen Köpfe«, gab Kevin zurück. »Landkarte gucken, Schultern zucken.«

»Wir Ratten in Abwasser schwimmen, wir Ratten in schleimigen Rohren.«

»Mädchen in ihr Haus, he?« Kevins schwarze Augen sahen sie kalt und misstrauisch an, und Tess wusste, ihr Blick wirkte ebenso. Aber er hatte Recht. Sie konnte nicht zurück. Ohne die Hilfe der Stadtratten würde sie den Weg niemals finden. Aus reiner Gehässigkeit entblößte sie ihre Zähne vor Kevin, doch wenige Minuten später waren sie wieder mit ihren neuen Leitratten im Labyrinth der Gänge unter der Stadt unterwegs.

9

Noch drei Nächte lang waren Tess und Kevin in dem unterirdischen Wegenetz der Ratten unterwegs. Ihr Fressen fanden sie in Mülltonnen, die von Hunden umgestoßen worden waren, in den Lagerräumen kleiner Geschäfte und den Vorratsschränken schlecht verschlossener Küchen. Als sie den Stadtrand erreicht hatten, setzten sie ihren Weg oberirdisch fort und unterbrachen ihn häufig, um in kleinen Gärten frisches Gemüse zu fressen oder sich ein paar leckere Happen von Komposthaufen zu holen. Ratten fanden offenbar immer genug zu fressen.

Am vierten Tag erreichten sie in der Morgendämmerung eine der reichsten Gegenden des Landes. Prachtvolle Häuser, alte wie neue, waren von grünen Wiesen und Bäumen umgeben. Hier wohnten Menschen, die sich jeden Luxus leisten konnten. Soweit Tess wusste, hatten sich ihre Eltern in Gegenden wie dieser umgesehen, bevor sie sich für das Haus beim Park entschieden. Die Luft war so frisch und die Gerüche so angenehm, dass sie die Wahl ihrer Eltern bereute. Aber etwas verwirrte sie: das Bild, das ihr die Ratten von der alten Frau beim Feuer gegeben hatten, passte nicht zu dieser Gegend.

»Alte Frau, he?«, richtete sie sich an ihre neueste Leitratte. Sie hieß Nase-in-Mausefalle-gebrochen, und man konnte den Grund für den Namen leicht erkennen.

»Ja, ja, alte Frau«, sagte sie und schlüpfte durch ein

Loch in der Hecke, hinter der eine lange Zeit nicht gemähte Wiese lag.

Es schneite nicht, aber der Schnee der letzten Tage war wegen der anhaltenden Kälte liegen geblieben. Jetzt rieselte er auf die Ratten, als sie sich durch das Gras schlängelten, und hinterließ auf ihrem Fell dunkle, glänzende Flecken, wenn er schmolz. Sie hielten sich dicht an der Hecke, damit sie nicht von Hunden, Bussarden oder Spaziergängern bemerkt werden konnten, dann kamen sie zu einer zweiten Wiese und zu einer dritten. Die Hecke verlief parallel zu einer Straße, und auf der anderen Seite standen in weiten Abständen Häuser zwischen den Wiesen. Gelegentlich kamen Autos vorbei, die aufgrund der vereisten Fahrbahn langsam fahren mussten. Nach einer Weile wurden die Geräusche leiser und Tess folgerte, dass die Hecke jetzt von der Straße abgehend in die Felder führte.

»Straße, he?«, sagte sie. »Haus alte Frau, he?«

»Ja, ja«, sagte Nase-in-Mausefalle-gebrochen und führte sie zwischen den knorpeligen Wurzeln durch die Hecke. Auf der anderen Seite blieben sie stehen. Sie waren auf einem Feldweg angekommen, der auf beiden Seiten von einer hohen Brombeerhecke gesäumt war. Dazwischen ragten die Äste von Schlehdorn und Eschen über den Weg, so dass eine Art Tunnel entstand. Menschen und Tiere konnten ihn benutzen, für Autos war er zu schmal.

»Haus, Haus«, sagte Nase-in-Mausefalle-gebrochen und schnüffelte auf dem Boden.

»Haus, he?«, war Kevins Antwort.

»Haus, ja. Alte Frau. Ja, ja. Aufpassen. Katzen. Viele Katzen. Immer beim Abflussrohr. Gang hinter hohler

Wand. Ausgang bei Kamin. Zu hoch für Katzen.« Sie rieb sich mit ihnen die Nase und sagte: »Nase-in-Mausefalle-gebrochen Enkelkinder besuchen. Noch keine Haare. Viele Straßen.« Und damit war sie verschwunden, zurück durch die Hecke und aus ihrem Leben.

»Haus«, sagte Kevin und rannte den Weg entlang. Doch Tess folgte ihm nicht.

»Ganz still!«, sagte sie.

Er blieb abrupt stehen. Tess sah sich aufmerksam um, sie schnüffelte in der Luft und lauschte einen Moment. Der Feldweg machte einen Knick weg von der Straße und war hinter den dichten Hecken nicht einsehbar. Mit einem Seufzer der Erleichterung verwandelte Tess sich in ihre menschliche Gestalt, und einen Augenblick später war auch Kevin wieder ein Junge.

Tess machte ein Hohlkreuz, streckte die Arme über den Kopf und schwang sie herum wie Windmühlenflügel – lauter Bewegungen, die eine Ratte nicht machen konnte. Dann seufzte sie wieder und setzte sich auf eine Baumwurzel, die frei von Schnee war.

»Mach mal Platz«, sagte Kevin.

Tess rutschte zur Seite und drehte sich von ihm weg, und er setzte sich und lehnte sich mit seinem Rücken an ihren. »Warum hast du das gemacht?«, fragte er.

»Was?«

»Dich verwandelt.«

»Wir sollten doch eine alte Frau besuchen, richtig?«

»Ja. Aber sie versteht doch anscheinend die Rattensprache, oder? Wie hätte sie sonst die anderen schicken können, damit sie uns holen, he?«

»Hör auf mit dem ›he‹«, fuhr Tess ihn an. »Ich hab

keine Lust mehr, eine Ratte zu sein. Das war nicht Teil der Abmachung, soweit ich mich erinnern kann. Dir kann es ja egal sein. Du bist daran gewöhnt. Zu sehr vielleicht.«

»Aha«, sagte Kevin, »so ist das also, ja? Vielleicht bist du zu sehr daran gewöhnt, ein mieser Mensch zu sein. Wir haben die stinkenden Abwasserkanäle nicht gemacht und die schleimigen Rohre? Das wart ihr. Wir lassen nicht überall Müll rumliegen. Das machen die Menschen. Du kannst über uns froh sein, weil wir hinter euch sauber machen!«

Tess starrte ihn mit offenem Mund an.

»Was ist los?«, fragte er.

»Was meinst du mit ›uns‹?«

Kevin senkte den Blick und formte eine Hand voll Schnee zu einem kleinen Klumpen.

»Wie meinst du das, Kevin?«, beharrte Tess. »Was willst du damit sagen?«

»Nichts«, sagte er. »Es ist nur … ich eigne mich nicht besonders dazu, ein Mensch zu sein. Bei Ratten weiß man wenigstens, woran man ist, auch wenn es einem nicht immer passt. Aber mit Menschen komme ich einfach nicht richtig klar. Ich weiß nie genau, was sie meinen. Ich blicke da einfach nicht durch und ich hab keine Ahnung, was sie von mir denken.«

Tess sah sich um. Die blasse Morgensonne warf ein gelbes Licht durch die Äste und brachte einzelne Schneekristalle zum Funkeln. Über ihren Köpfen zwitscherten friedlich die Vögel. Sie bemerkten die zwei Menschen auf dem Weg zwar, kümmerten sich aber nicht weiter um sie.

»Ich weiß es auch nicht, Kevin«, sagte sie sanft. »Ich

glaube, keiner weiß das so recht. So sind die Menschen eben.«

»Das kann ja sein«, sagte er. »Aber das ist immer noch kein triftiger Grund, warum ich mich mit ihnen abgeben sollte.«

»Du sagst immer ›die‹ und ›ihr‹, als ob du nicht dazugehörst. Aber du bist genauso wie alle anderen auch, im Grunde genommen.«

»Wirklich, Tess?«

»Aber natürlich! Im Inneren sind wir alle gleich.«

Kevin seufzte tief und bog seinen Kopf zurück, so dass er für einen Moment an ihrem lehnte.

Dann gingen sie den Weg entlang, bis das Haus in Sicht kam. Es war winzig und uralt und bildete einen krassen Gegensatz zu dem Reichtum und Luxus der Umgebung. Einige Hennen pickten im Gras um die Haustür, und eine Schar Enten, die in dem halb gefrorenen Matsch neben einem Wasserhahn am Haus herumwatschelten, zog beleidigt schnatternd ab, als sie die Fremden erspähte. Die alte Frau hatte den Lärm gehört und kam an die Tür.

»Na, endlich«, sagte sie. »Ich dachte schon, ihr schafft es nicht, habs ich gedacht.«

»Wie bitte?«, sagte Tess.

»Ich warts seit ’ner Ewigkeit«, sagte die alte Frau. »Ihr habts euch ganz schön Zeit gelassen.« Mit einem misstrauischen Blick auf Kevin sagte sie: »Ich dachts, du bists ’ne Ratte.«

»He?«, sagte Kevin unwillkürlich. Er wirkte zerknirscht und schlich sich hinter Tess ins Haus, als die alte Frau wieder hineinging.

»Macht nichts«, sagte sie und verscheuchte die Katzen

von den Sesseln beim Feuer, damit die beiden sich hinsetzen konnten. »Wahrscheinlich bist du 'ne Ratte und bists auch keine. Am Ende ist eh alles gleich. Mir wenigstens. Setzts euch doch, und die Katzen, die beachtets ihr am besten gar nicht. Für 'ne Katze ist ein Knie ein Knie und ein Schoß ein Schoß, und ob Knie oder Schoß, es ist allemal wärmer als der Boden. Wenn ihr keine Katzen mögts«, sagte sie mit einem bedeutsamen Blick auf Kevin, »dann könnts ihr sie wegschicken, aber höflich, wills ich gesagt haben, wir duldens nämlich keine Frechheiten in diesem Haus, was, Miezen?«

Sie schloss die Tür zum Flur, und Kevin und Tess setzten sich etwas verlegen auf die für sie frei gemachten Sessel. Das Feuer brannte hell und warm und an einem Haken darüber hing ein schwarzer Kessel und pfiff leise vor sich hin. Tess machte sich Hoffnung auf eine Tasse Tee. Ihr kam es vor, als wären Jahre vergangen, seit sie zuletzt Tee getrunken hatte.

Die Katzen belästigten sie nicht, denn sobald die alte Frau sich gesetzt hatte, sprangen sie, eine nach der anderen, auf ihren Schoß, bis schließlich alle vier dort um ein Plätzchen rangelten.

»Wie heißts ihr denn, ihr beiden«, sagte die Frau. »Kommts schon, nicht so schüchtern. Hier gibt's keine Regeln, außer dass man Manieren zeigen muss und den Katzen keine Angst einjagen darf. Und ihr brauchts gar nicht erst zu denken, ihr seids was Besonderes, so wie ihr da so sitzt. Wir warens alle mal jung. Und ihr seids nicht die Einzigen, die switchen können.«

»Das wissen wir«, sagte Tess.

»Ihr wissts immer alles, das ist es ja. Bei Teenagern ist

das so. Sie lassens sich von keinem was sagen. Teenager sinds hochnäsig, genau das sind sie. Habs ich nicht Recht, was, Miezen?«

Die vier Katzen hatten es sich bequem gemacht und sahen Tess und Kevin aus schmalen, misstrauischen Augen an. Kevin hatte den Blick absichtlich zu Boden gesenkt, und Tess wusste, von ihm konnte sie keine Unterstützung erwarten.

»Also gut«, sagte sie. »Er heißt Kevin, und ich bin Tess.«

»Aha«, sagte die alte Frau. »Kevin heißts er, ja? Ein solider Name, Kevin. Kanns man nicht dran rütteln, was?«

»Wahrscheinlich nicht«, sagte Tess.

»Aber Tess«, fuhr die alte Frau fort, ohne Atem zu holen, »das ists doch gar kein Name. Das ists eine von diesen verrückten modernen Erfindungen wie Selbstklebeetiketten. Da hätten sie dir auch gleich eine Nummer verpassen können, mein Fräulein, statt so einen Namen.«

»Aber das stimmt nicht!«, protestierte Tess verärgert. »Tess ist ein sehr alter Name!«

»Ein sehr alter Name? Wie kann es ein sehr alter Name sein, wenn du mal gerade ein junges Dingelchen bists, was? Ich sags euch mal, was ein sehr alter Name ist. Lizzie ist ein sehr alter Name, aber ich sags euch nicht, wie alt er ist, und wie jeder wohlerzogene junge Mann weiß«, – sie beugte sich vor und bohrte Kevin mit dem Finger ins Knie, worauf er in die Luft sprang – »ist es ja nicht sehr höflich zu fragen. Aber ihr könnts mir glauben, es ist ein sehr alter Name. Einen älteren Namen als Lizzie werdets ihr wohl kaum finden.«

Darauf folgte ein beklommenes Schweigen, und das Pfeifen des Kessels wurde einen Halbton schriller. Tess sah sich unauffällig im Zimmer um. Neben dem Kamin stand ein alter schwarzer Herd, und darüber bemerkte Tess ein Loch im Mauerwerk. Es war die Stelle, die Nase-in-Mausefalle-gebrochen beschrieben hatte. Sie konnte sich gut vorstellen, wie Lizzie sich mit den spitzen, zuckenden Rattennasen unterhielt, die sich hervorwagten, während die Katzen in ohnmächtiger Wut unten auf dem Fußboden herumschlichen.

Hinter ihnen stand ein kleiner Tisch und dahinter ein altmodisches viereckiges Spülbecken zwischen zwei Schränken, an denen die Türen kaputt waren. Uberall lagen und standen Dinge herum, aber sonst fand Tess es recht sauber in dem Zimmer. Durch das große Fenster über dem Spülbecken fiel Licht herein. Tess traute ihren Augen nicht und sah noch einmal genau hin: An einer Leine über dem Fenster hingen, wie von einer außergewöhnlichen Vorhangstange, sechs von Lizzies Schlüpfern.

Tess unterdrückte ein Lachen. Sie schaute zu Kevin hinüber, doch der rieb sich unsichtbaren Schmutz von der Handfläche, und sie sah es deutlich in ihm brodeln.

»Sie heißen also Lizzie?«, fragte sie und hielt mühsam das Kichern zurück, das aus ihr herauszuplatzen drohte.

»Ich hätts mir den Namen nicht ausgesucht, wenn man mich gefragt hätte«, sagte die alte Frau, »aber wir werdens ja nicht gefragt? Er ists schon da, wenn wir groß genug sinds und ihn sagen könnens, und dann hats man ihn, so ist das doch, was? Wir könnens ihn nicht abstreifen, was, Miezen? Ich bins als Lizzie auf die Welt gekommen und werds meine Tage als Lizzie beschließen, wenn denn jemals das Ende kommt.«

Tess bemerkte, wie Kevin innerlich in der Rattensprache fluchte.

»Du hast ein träges Mundwerk, junger Mann«, sagte Lizzie, »aber deine Gedanken sind gemein und flink. Und außerdem bists du dumm, wenn du denkst, ich weiß nicht, was du denkst.«

Kevin sah schockiert hoch. »Tut mir Leid«, sagte er. »Daran hab ich nicht gedacht.«

»Du hasts also nicht dran gedacht, soso. Teenager denkens nie an was. Teenager denkens, sie sinds die Einzigen mit Augen im Kopf und die Einzigen mit Grips in der Birne. Als ich eine Ratte war, mein lieber Kevin, da hatte dein Vater noch keine Spur von Verstand, um schmutzige Gedanken denken zu können. Als ich eine Ratte war, da hat man so was nicht gemacht und vieles andere auch nicht. Als ich eine Ratte war, da waren Teenager verboten. Was sagst du nun, ha?«

Kevin warf Tess einen bitterbösen Blick zu und sie funkelte zurück. Schließlich war es nicht ihre Idee gewesen hierher zu kommen. Es war ja ganz offensichtlich, dass die alte Frau nicht alle Tassen im Schrank hatte. Tess' Eltern wurden zu Hause verrückt vor Sorge, und sie hatte vier Nächte in den Abwasserkanälen von Dublin verbracht, um sich diesen kompletten Schwachsinn anzuhören.

Lizzie setzte die Katzen, eine nach der anderen, auf den Boden und stand auf. Sie gab dem Kessel an seinem Haken einen Schubs, so dass er hin- und herschwang und ein ärgerliches Zischen von sich gab.

»Jetzt beeils dich mal«, sagte sie zu ihm. »Immer bummelst du rum, wenn ich's eilig hab. Das machst du doch mit Absicht.«

Das Zischen verstummte und aus der Tülle stiegen ein paar dünne Dampfwolken auf. »Heutzutage«, fuhr Lizzie fort, »ists wohl alles erlaubt, was, Miezen? Jeder, der will, kanns ein Teenager sein. Überall siehts man sie, mit ihren angemalten Haaren und die Kleider in Fetzen, und einer ist schlauer als der andere. Das ist doch schrecklich. Einfach furchtbar. Und es breitet sich auch noch aus, wie eine Epidemie. Und manche kommens nie drüber hinweg. Manche bleibens ihr Leben lang Teenager. Hab ich Recht, Miezen?«

Kevin stand auf und sagte zu Tess: »Mir reicht's.«

»Ach so?«, sagte Lizzie und stemmte die Hände in die Hüften. »Dir reicht's, ja? Du hast doch noch gar nichts gekriegt, wie kann es dir denn da schon reichen? Wenn's dir reichts, warum bist du dann überhaupt gekommen?«

»Komm schon, Tess«, sagte Kevin. Tess stand auf und sah verunsichert von einem zum anderen.

»So sind sie, diese Teenager«, fuhr Lizzie fort, und ihre Stimme wurde schrill, fast hysterisch. »Sie habens nicht mal angefangen, und schon reichts es ihnen. Sie wollens bloß vorm Fernseher sitzen oder sich die Zeit vertreiben, als Dohlen oder als Welpen oder Kröten. Sie habens keine Zeit, sich mal zu unterhalten. Sie müssens immer weg. Und es reichts ihnen schon, bevor sie gekriegt haben, weswegen sie gekommens sind!«

Kevin pflanzte sich vor ihr auf, und die Katzen, die sich auf ihrem frei gewordenen Sessel niedergelassen hatten, stoben in alle Richtungen davon. »Und was ist mit dummen, alten Weibern? Die einen einladens … einen einladen und quer durch Dublin scheuchen und dann erzählen, man soll auf seine Manieren achten, und beschimpfen einen die ganze Zeit?«

»Du hast gar keine Manieren, auf die du achtens kannst!«, schrie Lizzie ihn an.

»Ich brauch mir das nicht anzuhören!«, brüllte Kevin zurück und stürzte hinaus. Tess folgte ihm, doch in dem dunklen Flur des kleinen Hauses blieb sie unentschlossen stehen. Sie hörte, wie die alte Frau mit ihren Katzen sprach, und stellte sich an die Tür, wo sie nicht gesehen werden konnte.

»Sie sinds doch alle gleich, Tibsy«, sagte Lizzie. »Sie sinds alle gleich, was, Moppet?«

Tess hörte, wie die Sprungfedern knarrten, als Lizzie sich in ihren Sessel setzte. »Und jetzt habens wir es wieder mal geschafft, nicht? Ich habs geschafft. Manchmal ists man eingeschnappt, nicht? Aber dann vergissts man's wieder. Aber diese Leute, die vergessens nie was. Ich konntes ihnen gar nicht von den Groken erzählen. So eilig hatten die's, beleidigt zu sein und abzuhauen.« Sie verstummte, und Tess vermutete, dass sie den Tränen nah war. »Was sollens wir denn jetzt machen?«

Tess holte Kevin auf dem Gartenweg ein. Zum Glück hatte er nicht geswitcht, denn als Ratte hätte sie ihn nur schwer wieder gefunden, und hätte er sich in eine Taube oder einen Bussard verwandelt, wäre es aussichtslos gewesen. Aber er hatte nicht gewechselt, und das bedeutete, dass noch nicht alles verloren war.

»Warte doch, Kevin«, sagte sie.

»Warum?«

»Ich will mit dir reden.«

»Reden?«, sagte er. »Alle wollen immer reden. Reden,

reden, reden. Sie reden so lange, bis sie sich gegenseitig auf den Wecker fallen, und was dann? Dann müssen sie darüber reden.«

»Sei doch nicht so, Kevin.«

»Warum nicht? Was soll denn das ganze Gerede, mmh? Jetzt willst du über diese dumme alte Frau reden, aber wir würden hier nicht stehen, wenn sie nicht so viel blödes Zeug geredet hätte.«

»Kannst du mir mal einen Moment zuhören?«

Kevin seufzte und sah sie an. Seine Augen waren so düster und entschlossen, dass sie der Mut verließ. Er konnte so leicht verschwinden, aus ihrem Leben entweichen, in den Himmel oder in die unterirdischen Gänge der Stadt, und sie würde ihn nie wieder finden.

»Verstehst du das denn nicht?«, sagte sie. »Die alte Frau ist wie du. Sie kommt mit Menschen nicht zurecht. Sie weiß nicht, wie sie sich ihnen gegenüber verhalten soll.«

Kevin wandte den Blick ab. »Dann hab ich also Recht, oder?«, sagte er. »Menschen verstehen zu wollen ist die reine Zeitverschwendung.« Aber Tess wusste, sein Widerstand war gebrochen.

»Also gut«, sagte sie und fuhr in der Rattensprache fort: »Mädchen in Haus. Ratte kriecht in Loch von Couch.«

Kevin sah sie wieder an und sie erkannte, wie sein Ärger verrauchte.

»Vielleicht ist es ja alles völlig hirnrissig«, sagte sie, »aber wir können jetzt nicht einfach aufgeben, wenn wir nicht mal herausgefunden haben, worum es geht. Wir müssen uns anhören, was sie uns sagen will.«

»Sich das anzuhören und es zu verstehen, sind zwei verschiedene Dinge! Und wieso spricht sie überhaupt so komisch?«

»Das weiß ich nicht. Sie kommt nicht aus dieser Gegend, das steht fest. Vielleicht ist sie aus England?«

»Eher vom Mars, würd ich sagen. Aber wenn du dir mehr von ihrem Gerede anhören willst, meinetwegen. Ich warte hier solange.«

»Nein. Du kommst mit. Komm schon, es tut ihr Leid.«

»Na, wenigstens das.«

Tess sah zum Haus. »Weißt du was, Kevin?«, sagte sie.

»Was?«

»Die Menschen sind dir viel wichtiger, als du zugibst.«

»Ach ja?« Seine Stimme war voller Verachtung. »Wie kommst du denn darauf?«

»Wenn du dir wirklich nichts aus ihnen machen würdest, dann wärst du jetzt nicht so unglücklich, oder? Dann würdest du gar nichts anderes erwarten.«

Kevin sagte nichts darauf, betrachtete Tess aber misstrauisch. Sie ging auf das Haus zu, und einen Moment später folgte er ihr.

10

Zur gleichen Zeit fand in einem verschlossenen und wanzensicheren Raum im Pentagon eine Besprechung statt. Größtenteils waren es bekannte Gesichter, nur Colonel Dunkelburger war nicht dabei, dafür saß Dan Doyle, der neu gewählte Präsident der Vereinigten Staaten, am Kopfende des Tisches.

Die Besprechung dauerte schon eine Weile, und General Snow hatte beide Tonbänder zweimal abgespielt.

»Vielleicht haben die beiden Männer in dem Schneemobil einen Eisbären aufgeweckt oder so was«, mutmaßte Präsident Doyle.

Keiner wagte etwas zu erwidern. Angesichts der beiden Tondokumente schloss sich diese Möglichkeit eigentlich von selbst aus.

Nach einer Weile sagte der Präsident: »Na, was sollen wir denn sonst annehmen? Dass da Außerirdische gelandet sind oder so was?«

Wieder antwortete keiner. Einige der Anwesenden waren nämlich schon selbst mangels anderer Erklärungen zu dieser unangenehmen Schlussfolgerung gekommen.

»Na«, fuhr der Präsident fort, »es kann doch alles Mögliche passieren, wenn Männer zu lange im Schnee sind. Sie werden schneeblind oder kriegen einen Kabinenkoller oder so was. Mein Großonkel Zacharias zum Beispiel, der war vier Monate in den Bergen verschollen, mutterseelenallein, nur mit einem Paar junger Wölflinge als Gesellschaft. Davon hat er sich nie erholt.«

General Wolfe räusperte sich. »Nun, das ist durchaus verständlich, Herr Präsident.«

»Allerdings«, sagte Doyle fröhlich.

»Ich glaube jedoch, die Situationen sind nicht unbedingt vergleichbar.«

»Ganz sicher sind sie das nicht. Aber soweit ich sehen kann, haben wir nichts, was uns weiterhilft, außer massenhaft Schnee. So etwas kann passieren. Vor zwei Jahren hatten wir eine Dürreperiode, die ein bisschen länger andauerte, und plötzlich redeten alle vom nahenden Ende der Welt. Es ging das Gerücht um, die Russen würden dahinter stecken, und vielleicht stimmte das auch. Aber bei uns ist keine Panik ausgebrochen. Wir sind nicht ausgeflippt oder haben verrückt gespielt. Ich weiß ja nicht, was Sie darüber denken, aber ich bin der Meinung, wenn die Vereinigten Staaten schon einmal einen Kalten Krieg für sich entscheiden konnten, dann können sie es auch diesmal.« Er schlug sich auf die Knie und lachte laut. Ein oder zwei der Anwesenden versuchten mit einzustimmen, aber es wollte ihnen nicht so recht gelingen.

General Wolfe räusperte sich erneut. »Das ist ja alles sicherlich richtig, Sir«, sagte er, »und zweifellos müssen wir dieselbe Haltung auch in dieser, ich sage mal, kleinen Unannehmlichkeit …«

»Offen gestanden, Sir«, sagte General Snow mit einem verächtlichen Blick auf Wolfe, »wir fürchten, diesmal ist die Lage etwas ernster.«

»Glauben Sie, die Russen haben damit zu tun oder so was?«

»Nein, Sir. Dafür gibt es keinerlei Anhaltspunkte. Soweit wir wissen, sind sie noch schlimmer betroffen als wir. Ich möchte Sie, wenn Sie gestatten, darauf aufmerksam machen, dass seit Beginn der klimatologischen Aufzeichnungen in der ganzen Welt noch nie derartige Wetterbedingungen aufgetreten sind. Die Satellitenbilder sind mehr als unheimlich. Die Stürme breiten sich nahezu gleichmäßig über den Polarkreis aus, und es ist schwer vorstellbar, dass es dafür natürliche Ursachen geben soll.«

»Na ja, das mag ja sein«, sagte Präsident Doyle, »aber noch unvorstellbarer finde ich unnatürliche Ursachen. Ich kann mit diesen Theorien von Außerirdischen nichts anfangen, meine Herren. Tut mir Leid.«

»Das macht ja nichts, Sir«, sagte General Snow. »Das erwartet auch keiner von Ihnen. Doch ungeachtet dessen, was jeder von uns vermutet oder glaubt, müssen wir uns darüber verständigen, wie wir weiter vorgehen wollen.«

Eine Weile war es still, während jeder der Anwesenden sich seine eigenen Gedanken machte. Schließlich sagte der Präsident: »Vielleicht ist es dieses FKWC oder so.«

»FKWC, Sir?«, sagte Dunwoody.

»Na, Sie wissen schon. Das Gas in diesen schrecklichen Sprühdosen. Pffft, pffft! Deo-Sprays und so was. Vielleicht sollten wir es verbieten. Meinen Sie, das würde was nützen?«

»Also ... das heißt FCKW, Sir«, sagte Dunwoody, »und das ist bereits verboten worden.«

»Bei allem Respekt, Sir«, sagte General Wolfe, »ich glaube, wir können davon ausgehen, dass es nicht reicht, Deo-Sprays zu ächten, wenn wir dieser Sache auf den Grund gehen wollen.«

»Aha. Okay. Das heißt also, Sie sind zu allem bereit. Das gefällt mir. Das ist wahrer amerikanischer Kampfgeist. Was haben Sie also vor? Wollen Sie ein paar Atombomben abwerfen, um auf Nummer Sicher zu gehen? Ich hätte nichts dagegen. Und für die öffentliche Moral wäre es gut. Wir würden der Welt zeigen, wir tun etwas, uns liegt die Sache am Herzen.«

»Das ... das ist eine gute Idee, Mr. Präsident«, sagte General Snow, »aber es könnte auch ein bisschen riskant sein.«

»Riskant? Wieso? Da oben wohnt doch niemand, oder?«

»Soweit wir wissen, nicht. Aber die Wirkung radioaktiver Strahlung lässt sich nicht immer genau vorausberechnen, wie Sie ja wissen. Der Wind kann sie weitertragen, bis in bewohnte Gebiete hinein. Und außerdem, zurzeit erfreuen sich Atomwaffen bei der Bevölkerung keiner allzu großen Beliebtheit.«

»In Ordnung. Dann also keine Atombomben. Wie wär's denn ... lassen Sie mich mal überlegen ... mit flächendeckender Bombardierung?«

General Wolfe fiel die Kinnlade herunter. »Flächendeckende Bombardierung des Polargebiets?«

»Zu groß, was glauben Sie?«

»Viel zu groß, Sir.«

»Na ja, vielleicht könnten wir in der Mitte anfangen und uns nach außen vorarbeiten. Mal gucken, was passiert?«

»Das übersteigt unsere Mittel«, sagte General Wolfe. »Und da wir gerade von Mitteln sprechen –«

»Sie wollen eine Gehaltserhöhung? Schon bewilligt. Ihre Haltung in der Sache gefällt mir.«

»Danke, Sir«, sagte Wolfe. »Würden Sie das bitte festhalten, Mr. Dunwoody? Was ich eigentlich sagen wollte, ist, General Snow und ich haben bereits über die Sache gesprochen. Wir sind zu dem Schluss gekommen, dass wir mehr Satelliten im All benötigen, wenn wir uns ein klareres Bild von der Situation da oben verschaffen wollen. Außerdem brauchen wir zusätzliche Flugzeuge, um das gesamte Gebiet mit Radar zu überwachen, und wir brauchen verdammt dringend Forschungsergebnisse über neuartige Aufklärungsgeräte, die das aufspüren, was nicht mit Radar erfassbar ist. Wir brauchen mehr Flugzeuge, die über den Unwettern kreisen, und mehr, die mittendrin fliegen und uns von dort Bilder mit Radar und Infrarotkameras übermitteln können. Wir können den Feind erst bekämpfen, wenn wir wissen, wer er ist. Und dafür brauchen wir mehr Mittel.«

»Aha«, sagte der Präsident. »Nun, wie Sie wissen, ist Geld momentan knapp. Wir haben zurzeit eine wachsende Zahl von Flücht–... ich meine, Besuchern aus Kanada und Alaska hier bei uns, wie Sie sicherlich wissen, es könnte dadurch im Inland zu einer Krise kommen, wenn das ungewöhnliche Wetter so bleibt.«

»Genau davon rede ich, Sir«, sagte Wolfe. »Wir brauchen Mittel, um diese Krise abzuwenden.«

»Ach so, ich verstehe. Na, dann sollten Sie mal ein paar Zahlen nennen.«

General Snow nickte, und Wolfe öffnete seine Aktenmappe.

Lizzie war hocherfreut, als Tess und Kevin zurückkamen, gab sich aber alle Mühe, es sich nicht anmerken zu lassen.

»Da kommen sie wieder, Miezen«, sagte sie. »Man kennts sich einfach nicht mehr aus, was. Ihr wollts wohl Tee trinken, wie? Na, zum Glück kochts das Wasser gerade.« Sie gab dem Kessel wieder einen Schubs, und er schwang hin und her und verspritzte einige Tropfen, die im Feuer zischten.

»Setzt euch, setzt euch. Die Sessel sinds noch da, keine Katzen, die sich drin breits gemacht hätten. Es gibts reichlich Sessel, nicht alle sind von den Katzen durchgesessen, macht's euch bequem, der Tee ist gleich fertig. Komms rein, Ödipus, bevor ich dich draußen vergesse.« Sie schloss die Tür zum Flur hinter einem schwarzen Kater, dann lehnte sie sich für einen Moment dagegen und schenkte Tess und Kevin ihr strahlendstes Lächeln. Gleich darauf verfiel sie in hektische Aktivitäten, so dass Tess vom Zugucken ganz schwindlig wurde.

»Wo ists die Milch, hmm? Hast du sie genommen, Moppet? Nein, nein, das ists die von gestern. Wo habs ich sie nur hingestellt? Na, so groß ists das Haus ja nicht. Huch, das Wasser kochts ja schon, jetzt wollens wir mal die alten Teeblätter im Garten ausleeren. Weißt du was, Tessie?«

»Was?«

»Teeblätter sinds gut für den Garten. Gibts nichts Besseres. Aus dem Fenster und auf die Wiese, und die Hühner grabens sie dann unter. Gibts nichts Besseres. Ich nehms nie Dünger für das Gras da draußen, aber in der ganzen Grafschaft gibt's kein grüneres Gras.«

Nichts verabscheute Tess mehr, als Tessie genannt zu werden, doch sie hielt sich zurück und sagte nichts.

»Jetzt die Teekanne vorwärmen«, fuhr Lizzie fort. »Die Teekanne muss man vorwärmen, wissts ihr das, hmm?

Wärmts ihr die Teekanne vor? Da kanns der beste Tee nichts werden, wenn man die Teekanne nicht vorwärmts. Eine anständige Tasse Tee kriegs ich nirgendwo sonst, außer in meinem eigenen Haus. Diese Teenager, verstehts ihr? Die machens das alles nicht richtig. Die habens keine Geduld. Ihr nicht, natürlich nicht, ihr seids anders. Ihr habts ja gute Manieren. Wie ihr so still da sitzt und gar nicht frech seids. Trotzdem, ich bin mir sicher, die habens gesagt, du bist 'ne Ratte. Gar nicht so leicht, den Unterschied zu erkennen, manchmal. Besonders heutzutage. Als ich jung war, da war das noch anders. Da sinds wir rumgekommen, verstehts ihr, jeden Tag woanders, jawohl. Heute hier, morgen da. Aber was wir immer dabeihatten, wo wir auch waren, das waren unsere Manieren.«

Kevin hatte den Blick wieder fest auf den Boden zwischen seinen Füßen gerichtet.

»Aber Zigeuner waren wir keine, nein, nein«, sagte Lizzie. »Mit denen hattens wir nie was zu tun.« Sie unterbrach sich für einen Moment und sah sich um, als wüsste sie nicht genau, wo sie war. Dann leuchteten ihre hellblauen Augen auf. »Ach, die Milch wirds wohl noch in der Speisekammer sein. Natürlich. Da stehts sie kühl, so ists das nämlich. Bleibts schön sitzen, kleine Switcher, ich bins gleich wieder da.«

Tess stieß Kevin an. Er sah mit verschlossener Miene auf, musste dann aber gegen seinen Willen lächeln. Lizzie kam wieder herein, kramte in den Schränken und stellte ein Sammelsurium von angeschlagenen Tassen und Untertassen zurecht. Endlich, nach einer Ewigkeit, so schien es, reichte sie ihnen je eine Tasse mit dampfendem Tee und setzte sich mit ihrer eigenen Tasse in ihren Sessel.

Tess nahm einen kleinen Schluck. Der Tee war entsetzlich süß, doch noch mehr störte sie das Haar, das ihr auf der Zunge kleben blieb. Sie entfernte es so unauffällig wie möglich. Es war kurz und weiß und ziemlich dick. Lizzie hatte auch weiße Haare, aber sie waren lang und seidig und im Nacken zu einem Knoten zusammengedreht. Das Haar konnte nicht von Lizzie stammen.

Kevin schien der Tee zu schmecken. Er hatte sich zurückgelehnt und trank langsam. »Sehr gut«, sagte er zu Lizzie.

»Ah!«, sagte sie. »Du kannst sprechen? Das hätts ich nicht gedacht. Das hätts ich jetzt wirklich nicht gedacht.«

Etwas Schlimmeres hätte sie gar nicht sagen können. Kevin zog sich wieder schmollend in sein Schweigen zurück.

Tess nahm vorsichtig einen zweiten Schluck aus ihrer Tasse. Ohne das Haar schmeckte der Tee zwar besser, aber ein merkwürdiger Geschmack blieb trotzdem. »Vielleicht sollten wir über das Projekt sprechen«, sagte sie.

»Projekt?«, sagte Lizzie. »Was für ein Projekt? Ich kanns Projekte nicht ausstehen. Habs noch nie was damit zu tun gehabt. Die ganzen Felder da draußen gehörens mir und die Leute mit Bauprojekten habens den Weg zu meiner Tür schon richtig ausgetreten, weil sie sie mir abkaufen wollen. Was wollens die denn damit, frag ich euch? Bauern im Anzug, das habs ich noch nie gesehen.« Plötzlich lachte sie laut und lang. »Ich sags ihnen, sie sollens ihre Projekte wieder mit nach Hause nehmen und meine Felder damit verschonen.«

»Aber das Land muss ein Vermögen wert sein!«, sagte Kevin. »Warum verkaufen Sie es nicht?«

»Was wills ich denn mit einem Vermögen?«, sagte Lizzie. »Ich habs doch schon eins. Ich habs ein Haus, das mir gehört, und meine Katzen und Hühner und Enten und Nancy. Ich habs grüne Wiesen rundrum, und so gefällts mir. Ich verpachte das Land an einen Bauern, und der bringts mir aus dem Laden alles, was ich brauche. Wenn das kein Vermögen ist!«

»Aber Sie könnten überall wohnen. Und alles haben, was Sie wollen.«

»Aber ich wohns doch schon wo, und ich habs auch alles, was ich will. Bevor ich hierher kam und geheiratet hab, bins ich so viel rumgekommen, dass es für ein Dutzend Leben reicht. Warum sollts ich mich in meinem Alter wieder auf die Socken machen?«

Einen Moment lang waren alle drei still, und dann sah Lizzie Kevin an und sagte: »Jetzt weiß ich, dass du keine Ratte bist.«

Kevin schnalzte aufgebracht mit der Zunge. Tess roch an dem Tee und hatte plötzlich eine Ahnung, wer Nancy war, doch sie beschloss, das zu verdrängen und sich wichtigeren Dingen zuzuwenden. »Solche Projekte habe ich ja nicht gemeint«, sagte sie. »Ich meinte das Projekt, weswegen wir hier sind. Warum Sie den Ratten gesagt haben, dass sie uns herbringen sollen.«

»Ach so«, sagte Lizzie. »Das ists natürlich was ganz anderes, wie? Das ists kein Projekt. Das ists etwas sehr Dringendes, diese Sache da.«

»Na gut«, sagte Tess sanft. »Dann sollten wir vielleicht darüber sprechen.«

»Ah, aber nicht jetzt«, sagte Lizzie. »Nein, das wär nichts.«

»Aber eben haben Sie gesagt, es ist dringend«, erwiderte Kevin.

»Es gibt Dinge im Leben, über die kanns man nicht sprechen, solange die Sonne scheints und die Vögel singens. Es gibt Dinge, die solltens bei Tageslicht nicht erwähnt werden, man sollte sie nicht ansehen und auch nicht dran denken, und seien sie noch so dringend.« Sie sah Kevin verächtlich an. »Wenn du eine Ratte wärst, dann wüsstest du das.«

Kevin sprang entrüstet auf und stopfte sich die Hände in die Hosentaschen. »Dann gehe ich jetzt spazieren«, sagte er.

»Warte doch«, sagte Lizzie. »Gleich gehens wir alle zusammen, und dann zeigs ich euch Nancy. Aber erst mal trinkens wir noch eine Tasse Tee. Ich habs schließlich nicht jeden Tag Besuch von zwei Switchern.«

11

Als Tess und Kevin ihre zweite Tasse Tee getrunken hatten, ging Lizzie mit ihnen in den Garten hinter dem Haus. Dort stand Nancy. Nancy war eine weiße Ziege, wie Tess schon vermutet hatte, die an einem langen Seil auf einer wilden Wiese zwischen dem Obstgarten und den Grundmauern eines ehemals prächtigen Hauses angebunden war.

»Da habs ich mal gewohnt«, sagte Lizzie, »vor vielen Jahren. Aber für mich allein war's zu groß. Ich mags das Cottage lieber.«

Nancy rührte sich nicht vom Fleck, als die drei sich näherten, und ließ sich auch beim Wiederkäuen nicht beirren, als Lizzie zu ihr herüberkam. Gegenüber Ziegen hegte Tess eine ähnliche Abneigung wie gegen Ratten. Auf einem Bauernhof waren sie die armen Verwandten der anderen Tiere, immer mager, immer hungrig, und immer fraßen sie etwas, was nicht für sie gedacht war.

»Na, Nancy«, sagte Lizzie. »Bists du nicht eine hübsche Ziege? Du bist doch die beste Ziege auf der Welt, ja, das bist du. Mein ganzer Sonnenschein. Das hier, das ists Kevin, und das hier ists Tess. Sinds Switcher, alle beide. Ob du's glaubst oder nicht, aber so ist das. Wärst du nicht auch gern ein Switcher, Nancy? Bestimmt wärst du gern einer!«

Nancy erspähte ein paar grüne Brombeerblätter, die ihr

bisher entgangen waren, und bahnte sich zwischen ihren Bewunderern einen Weg, um sie abzubeißen. Lizzie wirkte etwas verlegen.

»Sie mags mich sehr gern«, sagte sie, »aber sie ist scheu, wenn Fremde kommen. Wart ihr schon mal eine Ziege?«

Kevin nickte, aber Tess schüttelte den Kopf.

»Wirklich, Tess?«, fragte Kevin. »Noch nie?«

»Nein.«

»Aber warum nicht?«

»Ach, weiß ich auch nicht. Hatte nie Lust dazu, denk ich.«

»Ziegen sinds in Ordnung«, sagte Lizzie, »nur habens sie keine Manieren. Nancy wohl, natürlich. Nancy hat Manieren.«

Aber Nancy hatte keine Lust, sie vorzuführen. Sie war hinter einem Brombeerstrauch verschwunden und zog mit aller Macht an ihrem Seil.

»Sie habens Grips«, fuhr Lizzie fort. »Ziegen verstehens ganz viel. Zehnmal so viel wie Schafe.«

»Das stimmt, Tess«, sagte Kevin. »Warum versuchst du es nicht mal, hmm? Wir könnten einen kleinen Ausflug machen.«

»Das könnts ihr nicht«, sagte Lizzie. »Das gehört sich nicht. Ihr seids doch gerade erst angekommen.«

»Aber wir wären nicht lange weg, oder, Tess? Nur ein kleiner Ausflug.« Er wandte sein Gesicht von Lizzie und sah Tess bittend an. Da merkte Tess die Absicht hinter seinem Drängen: Er brauchte einfach einen Grund, um sich für eine Weile aus dem Staub zu machen.

»Ach«, sagte sie, »na gut. Es könnte ja ganz lustig sein.«

»Jetzt fällts mir ein«, sagte Lizzie, »vielleicht ist es keine so schlechte Idee. Ihr zwei könntets mir einen Gefallen tun.«

»Wie?«, fragte Kevin etwas misstrauisch.

»Ganz einfach. Es gibts hier ein paar Gärten, denen würde es nicht schaden, wenn zwei Ziegen die mal ein bisschen zurechtstutzen würdens. Die sinds so eingebildet, die Leute weiter oben. Die sehens richtig auf einen runter, wenn ich ihnen draußen mal begegne. Die dünkens sich was Besseres, mit ihren schicken Autos und ihren feinen Kleidern und Projekten und so. Und wie die redens! Puuuh! Das kanns man riechen.«

Kevin sah Tess mit einem frechen Blitzen an. »Komm schon. Worauf wartest du noch?«

Tess zögerte. Sie dachte an ihre Mutter und deren Liebe für Gärten. Und ihr Vater hatte ein schickes Auto und gute Anzüge, und seine Arbeit bestand darin, solche Projekte zu entwickeln, über die Lizzie so abfällig sprach. Wenn ihre Eltern hier statt beim Park ein Haus gekauft hätten, könnte es gut ihr eigener Garten sein, den sie ein bisschen ›zurechtstutzen‹ sollten. Sie sah Kevin an. Er wartete begierig auf ihre Antwort. Sie kamen aus verschiedenen Welten. Dennoch waren sie sich ähnlich.

»Du denkst zu viel, mein Fräulein«, sagte Lizzie.

»Das stimmt«, sagte Kevin. »Da hat sie mal Recht.«

»Du ungezogener Bengel, du!«, sagte Lizzie. »Jetzt aber los, ihr zwei. Verschwindets und stopfts euch mit Grünzeug voll, solange noch welches da ist.«

Kevin zwinkerte Tess zu und sah sich um. Sie waren durch Büsche und Bäume gut vor Blicken geschützt.

»Aber keine weißen Ziegen«, sagte Lizzie. »Damit sie meiner Nancy nichts anhängen könnens.«

Tess gab nach. Während Lizzie zusah, verwandelten sie sich. Nancy starrte überrascht um die Ecke und wunderte sich über die beiden Ziegen, die eine braun, die andere schwarz.

»Huch«, sagte Lizzie. »Das hats mir aber gut getan, wirklich wahr. Da fühls ich mich wieder ganz jung.«

Doch keine der drei Ziegen verstand auch nur ein Wort.

Tess und Kevin sprangen über die Steinmauer, die die Wiese von dem Obstgarten trennte. Hinter sich hörten sie Nancy meckern, die den Verlust ihrer neuen Freunde beklagte. Einen Moment lang zögerten sie, so stark wirkte der Ruf ihrer Artgenossin, doch dann verschwanden sie zwischen den Bäumen.

Tess verstand sofort, warum die anderen so erpicht darauf waren, es als Ziege auszuprobieren. Sie war Schaf, Kuh und Pferd gewesen, und in letzter Zeit häufig auch ein Reh im Phönix-Park, aber nichts hatte sich angefühlt wie das hier. Sie hatte schon vor einiger Zeit festgestellt, dass ihre Erfahrungen in Tiergestalt auf ihre Persönlichkeit als Mensch abfärbten. Jedes Mal, wenn sie sich zurückverwandelte, blieb etwas von dem, was sie über das Wesen des Tieres erfahren hatte, an ihr haften. Von den scheuen Tieren in Feld und Wald, von den Mäusen und Eichhörnchen und Vögeln, hatte sie gelernt, schnell zu reagieren und ihre Umgebung genau wahrzunehmen. Von den Tieren auf dem Bauernhof hatte sie Geduld und eine gewisse Ergebenheit gelernt. Jetzt spürte sie das temperamentvolle, ungezügelte Wesen einer Ziege, sie erlebte eine neue Schnelligkeit und Lebensfreude, eine ungewohnte Wildheit und Bewegungsfreiheit, und gleichzeitig wurde ihr bewusst, wie zahm und gemäßigt ihr Leben bisher gewesen war. Durch die Vorstellungen, die ihr von ihren wohlsituierten Eltern und in den angesehenen Schulen vermittelt worden waren, hatte sie mehr Vorurteile verinnerlicht, als ihr bisher bewusst geworden war. Zum Beispiel hatte sie immer die Tiere gemieden, deren Wesensmerkmale mit Menschen einer anderen, einer niedrigeren Klasse in Verbindung gebracht wurden. Noch nie hatte sie das Leben aus der Sicht eines der Bösewichte der Natur erlebt. Füchse, Fledermäuse, Krähen und Elstern, Ratten und Wiesel – in ihrer Vorstellung waren sie alle gemeine Kreaturen. Sich selbst hatte sie auf der guten Seite eines fortwährenden Kampfes zwischen Gut und Böse gesehen.

Doch jetzt war alles anders. Ganz sicher hatte das auch mit dem tage- und nächtelangen Leben als Ratte zu tun. Sie hatte am eigenen Leibe erfahren, was es hieß, außerhalb des Gesetzes zu stehen und verachtet und gejagt zu werden. Aber daran war auch etwas Gutes. Sie hatte neuen Mut gespürt und die Bereitschaft, sich vorzuwagen und diesen Mut auf die Probe zu stellen, wenn es sein musste. Das war eine befreiende, belebende Erfahrung gewesen. Sie dachte daran, wie Lange Nase ihr das Schwanzende abgebissen hatte. In dem Moment war sie vollkommen furchtlos gewesen. Es war ein ganz anderes Gefühl als ihr anfänglich gezierter und kleinlicher Widerstand gegen Kevin. Sie vermutete, sie könnte in Zukunft mit einer ähnlichen Situation besser umgehen. Ihre Tage als Ratte, und mehr noch diese neue und aufregende Erfahrung des Wesens einer Ziege, hatten ihr Einblick in Kevin gegeben. Er war einer der Jungen, dem ihre eigenen Eltern mit Verachtung begegnen würden, das wusste sie nur zu gut. Sie würden sein wachsames und misstrauisches Verhalten mit

Argwohn betrachten und wären schockiert über seine Wutausbrüche und sein Fluchen. Auch wenn sie ihm mit größter Offenheit gegenübertraten, konnte er nicht als »einer ihresgleichen« gelten. Aber jetzt war Tess in seine Welt eingetreten und hatte sie von innen erlebt. Und sie verstand, wie all die fremden und widersprüchlichen Gefühle in ihm entstanden waren und sein Leben bestimmten.

Während Tess ihren Gedanken nachhing, streunten sie und Kevin durch den Obstgarten und rupften die leicht erreichbaren Blätter und Zweige ab. Auf dem Boden lag Fallobst, Äpfel und Birnen, doch sie waren klein, hart und sauer, weil es so früh kalt geworden war. Auch das Laub hatte darunter gelitten und die Blätter, die noch am Baum hingen, waren faserig und trocken. Doch einer Ziege schmeckten sie so köstlich wie reifer Käse.

Tess machte überraschende Entdeckungen. Sie stellte fest, dass Ziegen keineswegs alles fraßen, wie immer behauptet wurde. Im Gegenteil, ihr Geruchs- und Geschmackssinn war äußerst fein entwickelt. Sie merkte augenblicklich, ob Motteneier an einem Blatt klebten oder Vogeldreck, auch wenn er schon einen Monat alt war. Alles, was ein kleines bisschen verschmutzt war, ließ sie hängen und fraß drum herum. Sie spürte ein intensives und seltenes Gefühl von Unabhängigkeit, und obwohl sie gern in Kevins Begleitung umherstreifte, wäre sie jederzeit bedenkenlos ihren eigenen Weg gegangen.

Auf der anderen Seite der Hecke hörte sie immer noch Nancys Rufen, und obwohl Tess darin den Wunsch nach Gesellschaft erkannte, wusste sie, was Nancy wirklich wollte. Denn stärker als alles andere im Herzen einer

Ziege ist der Drang nach Freiheit. Auch hier, inmitten üppig grüner Wiesen, wo sie nie Mangel leiden würde, sehnte sich ihre Ziegenseele nach den zerklüfteten Bergregionen der Welt, die den Menschen unzugänglich und nutzlos, aber ein Paradies für Ziegen sind.

Tess und Kevin näherten sich friedlich dem Ende des Obstgartens, wo zwei Reihen Stacheldraht eine struppige Hecke sicherten. Auf der anderen Seite weidete eine Rinderherde.

Kevin sah zu Tess hinüber und in seinen Augen stand das ihr schon vertraute listige Glitzern. Tess erwiderte seinen Blick – zum ersten Mal, wie ihr gleich bewusst wurde. Gemeinsam schlüpften sie durch den Zaun, als gäbe es ihn nicht, und wanderten aufs offene Feld hinaus.

Die Kühe starrten sie verstört an, muhten verärgert und stießen ihren warmen Atem aus. Einfach nur aus Spaß sprang Kevin sie an und sie machten eine Kehrtwendung und rannten mit erstaunlicher Geschwindigkeit quer über die Weide. Eine Ziege kann nicht lachen, aber Tess' Herz vollführte einen Freudensprung, als sie ihnen nachsah. Dumme Tiere. Sie verachtete sie.

Von der Weide aus konnten sie die ordentlich geschnittenen Hecken des nächsten Hauses sehen, und nachdem sie sich mit einem raschen Blick verständigt hatten, machten sie sich auf den Weg. Hinter ihnen beruhigten sich die Kühe und folgten ihnen in gemäßigtem Abstand, blieben aber sicherheitshalber dicht zusammen.

Es war unmöglich, in den Garten einzudringen. Die Kühe wurden durch einen Stacheldraht daran gehindert, zu nah an die Hecke zu kommen, doch für eine Ziege wäre das kein Hinderungsgrund. Auch die Hecke hätte sie nicht zurückhalten können, weil sie frisch gepflanzt und voller Lücken war. Sie wurde aber durch einen dichten Maschendrahtzaun verstärkt, den auch Ziegen nicht durchbrechen konnten, und die anderen beiden Seiten des Grundstücks waren von einer Mauer eingefasst. Eine Weile lang knabberten Tess und Kevin an den überhängenden Ästen der Hecke, aber sie konnten keinen richtigen Schaden anrichten; dann wandten sie sich ab und sprangen auf die Straße.

Eine Ziege kann über weite Entfernungen sehen und Geräusche hören. Normalerweise tut sie das aber nicht, sondern konzentriert sich auf ihre unmittelbare Umgebung. Weder Tess noch Kevin waren daher sehr überrascht, als sie sich auf der Straße plötzlich einem herannahenden Auto gegenübersahen. Die Situation war nicht besonders gefährlich, denn eine Ziege denkt schnell und handelt noch schneller. Sie spürten lediglich einen kurzen Moment der Erregung, dann sprangen sie aus dem Weg, hinauf auf die Böschung, wo sie übermütig ein paar Meter entlangtänzelten. Die Fahrerin jedoch war zu Tode erschrocken, als die beiden Ziegen wie aus dem Nichts auftauchten. Sie machte einen unnötig heftigen Schlenker und kam von der Straße ab. Nachdem sie sich wieder beruhigt und das Auto aus der Hecke herausmanövriert hatte, war darin ein Loch, wie es die beiden Ziegen in einer Woche nicht hätten hineinfressen können.

Lizzie stand neben Nancy auf der Wiese hinter ihrem Haus.

»Still, Nancy«, sagte sie. »Ganz still. Lass die beiden mal schön in Ruhe.« Sie lugte durch die Bäume. »Wo sinds sie denn nur? Ich seh sie nicht mehr, Nancy, sie sinds verschwunden.«

Aber Nancy hatte die beiden bereits vergessen, und sich mit ruhiger Unbekümmertheit hingelegt und käute wieder.

»Ich kanns sie nirgendwo sehen, Nancy«, sagte Lizzie. »Wahrscheinlich habens sie uns vergessen.« Damit hatte sie Recht.

Das nächste Haus, zu dem die Ziegen kamen, war von einer hohen Mauer umgeben. Sie war hoch genug, um eine Kuh oder ein freilaufendes Schaf abzuhalten, und mit Sicherheit ausreichend hoch, um den kleinen Terrier, der sie hinter dem Gartentor ankläffte, am Entkommen zu hindern. Er war einer von diesen verwöhnten kleinen Hunden, die man nie auf Bauernhöfen oder bei Familien mit Kindern antrifft und die noch nie eine grobe Hand oder einen Tritt gespürt haben. Zum Schutz gegen die Kälte trug er eine kleine Weste mit Schottenmuster, in der er sich viel größer und stärker fühlte, als er tatsächlich war.

Ohne Mühe sprang Kevin auf die Mauer und Tess folgte ihm. Der kleine Hund konnte sich zwischen Empörung und Schrecken nicht entscheiden und rannte hysterisch bellend zwischen Mauer und Haus hin und her. Drinnen drehte sein Frauchen den Fernseher lauter, um das Gekläffe draußen zu übertönen. Sie hatte ihn gerade erst rausgeschickt und ein bisschen frische Luft tat ihm sicher gut.

Ohne Vorwarnung sprang Kevin von der Mauer und auf den Hund zu. Der blieb einen Moment lang erstaunt stehen und rannte dann jaulend um die Ecke. Als Kevin die Jagd abbrach, um an den Blättern einer jungen Weide zu knabbern, setzte sich der Hund vor das Haus und sah mit eingekniffenem Schwanz zu.

Die Stunden vergingen. Lizzie werkelte in Haus und Garten herum und wartete auf die Rückkehr ihrer Gäste. Am Nachmittag hackte sie ein paar Kohlrüben aus dem gefrorenen Boden und holte Möhren und Petersilienwurzeln, die im Schuppen in mit Sand gefüllten Kisten lagerten.

»Eigentlich dürften sie keinen Hunger haben, wenn sie zurückkommen«, sagte sie zu Nancy, »aber meiner Erfahrung nach habens Teenager immer Hunger, wie viel man ihnen auch zu essen gibts.« Sie ging mit dem Gemüse in die Küche und ließ Wasser ins Spülbecken laufen. Draußen waren Wolken am Himmel aufgezogen, und als sie überlegte, ob es wohl schneien würde, sah sie einen Polizisten auf ihr Haus zukommen.

»Aufgepasst, Miezen«, sagte sie. »Besser, ihr verschwindets. Jetzt gibt's Ärger.«

12

Lizzie trat in den Flur und setzte sich auf einen Stuhl neben dem Garderobenständer. Der Polizist klopfte an die Tür. Lizzie blieb ganz still sitzen und wartete. Moppet wollte sich auf ihr Knie setzen, aber Lizzie schüttelte den Kopf und streckte abwehrend die Hand aus. Der Polizist klopfte wieder. Lizzie stieß leicht gegen den Garderobenständer, so dass der ein geheimnisvolles Knarren und Rasseln von sich gab. Dann wartete sie wieder. Nach einer Weile klopfte der Polizist zum dritten Mal und rief: »Hallo?«

Lizzie stand auf, öffnete die Küchentür und schloss sie wieder. Das machte sie noch ein zweites Mal.

»Hallo?«, rief der Polizist wieder. »Jemand zu Hause?«

Lizzie ging in die Küche, hob mit überdeutlichen Bewegungen den Vorhang und warf einen Blick um die Ecke. Der Polizist sah sie, lächelte und lüftete seine Mütze.

»Wer ist da?«, fragte Lizzie.

»Sie brauchen keine Angst zu haben«, sagte der Polizist. »Ich möchte Sie nur einen Moment sprechen.«

»Weswegen?«

»Kann ich reinkommen? Ist ganz schön kalt hier draußen.«

Lizzie ging wieder in den Flur, wo sie noch einmal den Garderobenständer zum Wanken brachte, einen Stapel alter Zeitungen gerade rückte und die Mäntel an den Haken ordnete. Es klopfte wieder.

»Schon gut!«, sagte Lizzie ungeduldig. »Ich komms ja schon.«

Endlich öffnete sie die Tür. Der Polizist wollte eintreten, doch Lizzie wich keinen Zentimeter von der Tür. Er seufzte.

»Wachtmeister John Maloney«, stellte er sich vor. »Sie sind hier doch als Lizzie bekannt, nicht wahr?«

»Das ist richtig, ja.«

»Vermissen Sie zufälligerweise zwei Ziegen?«

»Ziegen?«, sagte Lizzie. »Ich habs keine zwei Ziegen, wie soll ich sie dann vermissen?«

»Verstehe. Ihre Nachbarn haben gesagt, Sie halten Ziegen.«

»Ich habs eine Ziege. Eine einzige. Sie heißt Nancy und ist draußen bei der Brombeerhecke angebunden, wie immer. Wer hats gesagt, ich hätte Ziegen? Wenn einer eine Beschwerde über Nancy hats, dann solls er sie mir selber sagen, sonst kanns er den Mund halten. Nancy hats bessere Manieren als all die anderen da draußen zusammen.«

»Nein, nein«, sagte der Polizist. »Darum geht es gar nicht. Es ist nur so – wir haben da ein Problem.«

Und sie hatten tatsächlich eins. In einer dichter besiedelten Gegend hätten sie vielleicht die Chance gehabt, die beiden Ziegen in eine Ecke zu drängen, aber hier, in diesem weitläufigen, grünen Vorort, war das aussichtslos.

Tess und Kevin verständigten sich mit einer Mischung aus Ziegengesten und Rattenbildern und amüsierten sich königlich. Drei Mitglieder der Polizeistation Siochana und eine ständig wachsende Menge von Anwohnern versuchten sie einzufangen, und alle hatten vor Wut und Anstrengung schon rote Gesichter. Sie konnten nichts ausrichten, denn die Ziegen wichen aus und schlugen Haken, sie sprangen auf Mauern und zwängten sich durch Hecken. Sie trennten sich, wenn es sein musste, und kamen so schnell wie möglich wieder zusammen, und sie vermieden alle Fallen mit traumwandlerischer und empörender Geschicklichkeit. Ein Bauer wurde zu Hilfe gerufen und erschien voller Zuversicht mit seinen beiden besten Hütehunden. Doch zehn Minuten später versuchte er die völlig verschreckten Tiere in seinen Land Rover zu bekommen, und war sich nicht sicher, ob sie je wieder den Mut hätten, seine Schafe zu hüten. Nur wenige Hunde können es mit einer ausgewachsenen Ziege aufnehmen, und ein Hund, der sein Leben lang furchtsame Herdentiere wie Schafe gehütet hat, ist vollkommen hilflos, wenn er sich plötzlich dem unerschrockenen Blick aus den gelben Augen einer Ziege gegenübersieht.

Der Polizist, der Lizzie besucht hatte, ging zu den anderen zurück und Lizzie widmete sich wieder ihrem Eintopf. Das Gemüse köchelte auf dem Herd vor sich hin, als sie die beiden Ziegen zurückkommen hörte. Ihre Hufe klapperten auf dem gefrorenen Weg, als sie den Pfad entlangjagten. In wildem Tempo bogen sie in den Hof an der Seite des Hauses ein und stoben durch die offene Tür in den Holzschuppen. Wenige Sekunden darauf erschienen Tess und Kevin lachend und mit leuchtenden Augen. Sie waren kaum im Haus, als drei Männer keuchend den Weg entlangkamen. Schwer atmend blieben sie vor der Haustür stehen. Einer war der Polizist, der Lizzie besucht hatte, die anderen beiden waren Anwohner. Den einen kannte Lizzie, er war ein untersetzter Mann in einem Tweedjackett und weißen Kniebundhosen. Er war Bankier und hatte immer wieder versucht Lizzie ihr Land abzukaufen.

Sie erhob sich aus ihrem Sessel und riss das Fenster auf.

»Verschwinden Sie!«, rief sie. »Wir habens keine Ziegen hier. Wir wollens nicht, dass Sie hier überall rumtrampelns und den Hühnern und meiner Nancy Angst machens. Verschwinden Sie gefälligst!«

»Aber wir haben die beiden Ziegen hier in der Nähe gesehen, Ma'am«, sagte Polizist Maloney. »Wir sind ihnen auf dem Pfad zu Ihrem Haus gefolgt.«

»Jetzt sind sie aber nicht hier, und wir wollens uns in Ruhe zum Abendessen setzen. Also verschwinden Sie.«

Wachtmeister Maloney konnte seinen aufkommenden Ärger nur mit Mühe zügeln. »Tut mir Leid, Madam«, sagte er, »aber die beiden Ziegen haben oben in der Siedlung gewütet.«

»In den Anlagen, Wachtmeister, wenn ich bitten darf«, sagte der Bankier. »Das ist keine Siedlung.«

Maloney schnaufte empört. »Anlagen«, sagte er. »Sie haben auf den Anwesen gewütet, und ich muss darauf bestehen, dass wir uns hier umsehen.«

»Haben Sie einen Durchsuchungsbefehl?«, fragte Lizzie und schloss das Fenster, bevor der Polizist Zeit hatte zu antworten.

»Warum nicht, Lizzie«, sagte Tess. »Sollen sie sich doch umsehen – was können sie schon finden?«

»Ich wills nicht, dass die in meinem Schuppen und im Garten rumschnüffeln. Deswegen. Und außerdem wills ich jetzt essen.«

»Dann zeigen wir ihnen alles und achten darauf, dass sie nirgendwo schnüffeln. Einverstanden, Kevin?«

»Ohne mich«, sagte Kevin. »Ich mag keine Polypen. Wenn du unbedingt willst, dann geh doch!«

»Na gut.«

Tess ging zur Haustür und öffnete den Männern. Die drei waren schon auf dem Weg zum Hof, um sich dort umzusehen, ungeachtet dessen, was Lizzie gesagt hatte. Tess ging auf sie zu. »Ich zeige Ihnen alles«, sagte sie.

Wachtmeister Maloney lächelte sie freundlich an und sagte: »Das ist sehr nett von dir«, aber sein Blick ruhte einen Moment zu lange auf ihr, und sie erstarrte. Wie dumm von ihr! Wie unglaublich dumm! Ihre Eltern hatten sicher eine Vermisstenanzeige bei der Polizei aufgegeben, denn bestimmt hatte ihr kleiner Brief sie nicht beruhigt. Sie wandte sich ab und versuchte ihre Gedanken zu ordnen. »Wo möchten Sie denn zuerst nachgucken?«, fragte sie.

»Wir wollen alles sehen«, sagte der Bankier. »Hier fangen wir an.« Er warf einen Blick in den Holzschuppen, und der andere Anwohner, ein großer, dünner Mann, der einen lächerlichen einteiligen Daunen-Skianzug trug, sah ihm über die Schulter.

Wachtmeister Maloney hingegen schien sich mehr für Tess zu interessieren. »Bist du eine Verwandte von der Alten?«, fragte er.

»Sie ist keine Alte«, sagte Tess, während ihr Rattenbilder und Ziegengedanken durch den Kopf jagten, und sie wünschte, sie wäre nicht so hochnäsig gewesen. Plötzlich wusste sie, wie ein Fuchs dachte. »Sie ist meine Tante Lizzie. Meine Großtante, um genau zu sein.«

»Ach so«, sagte Maloney.

Tess führte die Männer zielstrebig zum Hühnerstall. Lizzie hatte den Hühnern erst vor kurzem ihr Futter gegeben. Die Tiere waren noch um den Trog versammelt und pickten die letzten Brocken auf.

Der Polizist sah ihnen geistesabwesend dabei zu. »Bist du nur heute hier?«

»Ja. Mein Vater kommt nachher und holt uns ab.«

»Aha. Dich und deinen Bruder, ja?«

»Genau.«

Er nickte flüchtig. Er wusste nicht genau, wo er ihr Gesicht schon einmal gesehen hatte, aber irgendwie kam es ihm bekannt vor. Er würde sich darum kümmern, wenn er wieder auf der Wache war. Im Moment war nur wichtig, dass er kein Misstrauen in ihr weckte und sie vertrieb.

»Schöne Gegend hier, nicht?«, sagte er.

»Nicht besonders«, sagte Tess. »Ich würde lieber am Meer wohnen, wenn ich es mir aussuchen könnte.«

Sie führte die Männer zur Rückseite des Hauses. Nancy war gemolken und lag friedlich in ihrer Ecke des Kuhstalls. »Wenn hier noch andere Ziegen wären, würde sie jetzt verrückt spielen. Ziegen sind nämlich nicht gern allein. Aber Sie können auf der Wiese nachsehen. Und zum Obstgarten geht es da durch.«

»Du magst wohl Tiere?«, fragte Maloney.

»Nicht besonders. Aber Tante Lizzie hat Tiere gern. Sie redet die ganze Zeit von ihnen. Sie weiß alles über Tiere. Und sie erzählt einem alles«, fügte sie verschwörerisch hinzu, »bis ins kleinste Detail. Auch wenn man es nicht hören will.«

Wachtmeister Maloney kam langsam zu der Überzeugung, dass er sich geirrt hatte. Das Mädchen wäre nicht so locker, sagte er sich, wenn es von zu Hause weggelaufen wäre. Er lächelte, und sie zuckte die Achseln und verdrehte die Augen.

»Was tut man nicht alles für die Familie«, sagte sie.

Die anderen beiden Männer kamen soeben aus dem Gartenschuppen.

»Da ist nichts«, sagte der im Sportdress.

»Gut«, sagte Maloney. »Ich glaube, wir sollten besser gehen. Vielleicht haben wir Glück und die Tiere sind gar nicht mehr in unserer Gegend. Aber sag uns Bescheid, wenn sie wieder auftauchen, dann versuchen wir's nochmal.«

»Dann brauchen Sie einen Scharfschützen, der Pfeile mit Betäubungsmittel abschießt«, sagte Tess.

Maloney lachte. »Das stimmt, so jemanden brauchen wir dann. Wollen wir hoffen, dass sie uns in Ruhe lassen.« Er folgte ihr zur Vorderseite des Hauses und ging mit den anderen davon. »Richte deiner Tante Grüße von mir aus«, sagte er noch.

Tess verdrehte die Augen und schlüpfte ins Haus.

Kevin und Lizzie saßen in den Sesseln beim Kamin. Lizzie aß ihren Eintopf aus einer Kuchenform und Kevin seinen aus einem verbeulten Topf mit krummem Stiel.

»Wir haben dir was warm gestellt«, sagte Lizzie und zeigte auf die Wärmeplatte neben dem Kamin.

»Das kann warten«, sagte Tess und blitzte Kevin wütend an. »Das war ja oberschlau, Mr. Ratte, Mr. Klugscheißer, Mr. Fliegengrips!« Kevin sah sie überrascht an und sie fuhr unbeirrt fort: »Und du hattest die Dreistigkeit zu sagen, mir kann nichts passieren!«

»Wovon redest du?«

»Ich rede von dir. Von jemandem, der immer nur an sich denkt. Du magst keine Polypen, o nein. Und was ist mit mir?«

»Kinder!«, sagte Lizzie. »Hörts auf zu streiten! Wo sinds eure Manieren?«

»Ach, hören Sie auf mit Ihren Manieren, Lizzie«, fuhr Tess sie an. »Und wir sind auch keine Kinder mehr. Das hier hat mit Ihnen nichts zu tun. Ich rede mit dem egoistischen Mistkerl hier.«

Kevins Miene verfinsterte sich zusehends, er sah aus wie eine Gewitterwolke, die sich jeden Moment entladen konnte.

»Ich hab keine Ahnung, wovon sie redet«, sagte er.

»Ich rede von der Polizei! Ich rede von Vermisstenanzeigen, von Personenbeschreibungen und Fotos. Ich rede davon, dass sie über mich Bescheid wissen!«

Kevin fluchte. Lizzie wollte sich schon einmischen, ließ es aber dann doch bleiben.

»Du hättest daran denken müssen, Kevin«, sagte Tess. »Du hättest mich warnen müssen.«

»Das ist doch nicht meine Schuld! Es war deine Idee. ›Ach komm schon, Kevin, wir zeigen den netten Herren alles.‹ Ich wollte nichts damit zu tun haben.«

»Aber ich denke nicht so wie du. Ich bin nicht so erzogen worden. Es ist deine Aufgabe, an so was zu denken!«

»Für wen hältst du dich eigentlich? Wieso glaubst du, du kannst mir sagen, was ich zu tun habe!« Als sie seinen verächtlichen Blick bemerkte, verpuffte ihr Ärger, bis sie nur noch einen dumpfen Schmerz in der Magengegend spürte.

»Jetzt ist aber gut, ihr zwei«, sagte Lizzie. »Hörts auf zu streiten und essts euer Abendessen, solange es heiß ist.«

Kevin stocherte mit seinem Löffel im Topf herum. »Hat er dich erkannt?«, fragte er schmollend.

»Ich weiß es nicht. Ich glaub schon, aber vielleicht habe ich ihn von der Fährte abbringen können.«

»Machts euch keine Sorgen«, sagte Lizzie. »Hat doch keinen Sinn, nervös zu werden, oder?« Sie gab Tess die Schüssel mit dem Eintopf, den sie für sie aufgehoben hatte. Tess starrte dumpf darauf. Auf der Schüssel stand in großen Buchstaben HUND.

13

Lizzie ließ Tess und Kevin nicht beim Abwasch helfen, obwohl beide das aufrichtig angeboten hatten. Also saßen sie beim Feuer und sahen zu, wie die Flammen um den Kessel züngelten, während Lizzie hinter ihnen mit den Töpfen klapperte.

»Komisch«, sagte Tess aus ihren Gedanken heraus, »ich kann immer noch die Stelle fühlen, wo Lange Nase mir den Schwanz abgebissen hat. Seltsam, wo ich doch gar keinen Schwanz habe.«

»So eine Art Phantomschmerz, stell ich mir vor«, sagte Kevin. »Aber du hattest Glück. Wenn es deine Hand oder deine Nase gewesen wäre, dann würdest du jetzt ganz schön blöd aussehen.«

»Was meinst du damit?«

»Weißt du das nicht? Wenn man sich verletzt, ist das hinterher nicht einfach verschwunden.«

Doch, Tess wusste das.

Sie hatte oft festgestellt, dass blutige Kratzer oder blaue Flecken, die sie sich bei ihren Abenteuern als Tier zuzog, blieben, wenn sie geswitcht hatte. Aber es war ihr nie in den Sinn gekommen, dass ihr etwas Ernsthaftes zustoßen könnte.

Kevin schnürte sich einen Schuh auf. »Es ist dir wahrscheinlich nicht aufgefallen, aber an diesem Fuß hab ich nur drei Zehen. Mit den andern zweien bin ich mal in einem Spalt von einem Abflussrohr stecken geblieben, und es blieb mir gar nichts anderes übrig, als so lange zu ziehen, bis ich freikam.«

»Iihhh!«, sagte Tess.

Kevin zog den Socken aus. Er starrte vor Schmutz, und Tess wollte schon etwas sagen, als sie seinen Fuß sah. Die beiden kleinsten Zehen fehlten. Es sah ziemlich erschreckend aus. »Egal, in welches Tier ich mich verwandle«, sagte er, »wenn es eines mit Zehen ist, dann fehlen die beiden.«

Tess dachte darüber nach, wie es wäre, wenn sie eine Hand oder einen Arm oder ein Bein verlieren würde. Kevin fing an, den Schmutz zwischen seinen Zehen herauszuknubbeln. »Hör auf damit«, sagte sie. »Das ist ja eklig.«

Er zuckte die Achseln und zog sich den Socken wieder an. Hinter ihnen schlug Lizzie eine Schranktür mit Getöse zu. Tess lehnte sich in ihrem Sessel zurück und schloss die Augen. Plötzlich war sie sehr müde. Bisher war ihr alles wie ein Traum vorgekommen. Als Ratte war sie weit weg von allen menschlichen Sorgen gewesen, dann hatte sie Lizzie kennen gelernt und einen Nachmittag lang übermütig und vergnügt als Ziege herumgetobt. Doch die Begegnung mit dem Polizisten und jetzt Kevins Fuß hatten sie wieder auf den Boden der Tatsachen zurückgeholt. Als Kind hatte sie ihre seltsame Gabe als persönliches Geheimnis betrachtet. Sie hatte diese andere Welt fein säuberlich von ihrem ›wirklichen‹ Leben getrennt. Aber in den letzten Tagen schienen ihr die Dinge außer Kontrolle geraten zu sein. Sie war sich nicht mehr sicher, wer sie war und was sie tat. Auch aus Kevin wurde sie nicht richtig schlau. Manchmal hatte sie das Gefühl, endlich den

Freund gefunden zu haben, den sie schon immer gesucht hatte, und dann passierte etwas, und er verhielt sich ihr gegenüber fast feindselig.

Und dann Lizzie. Was sollte sie von ihr halten? Als sie sich auf den Weg gemacht hatten, schien es irgendeinen Sinn zu geben, als hätten sie eine Mission zu erfüllen. Doch jetzt, da sie von der Polizei gesucht wurde und ihre Eltern schlaflos zu Hause warteten, fand sie das alles verrückt. Sie wusste nicht mehr, was wirklich war und was nicht. Plötzlich hatte sie entsetzliche Angst, dass sie alle verrückt waren.

»Tess?«, sagte Kevin.

»Ja?«

Er sah sie eindringlich an, offenbar machte er sich Sorgen um sie. Das war wieder ein neuer Kevin, einer, den sie noch nicht kannte. Aber wie sollte sie wissen, ob sie ihm trauen konnte?

»Alles in Ordnung?«, fragte er.

»Ich verstehe einfach nicht, was hier vor sich geht.«

»Mir geht das manchmal genauso. Aber niemand zwingt dich, hier zu bleiben. Wenn du willst, kannst du jederzeit nach Hause gehen.«

Tess sah zu Lizzie hinüber, die das Besteck mit einem fleckigen Geschirrtuch abtrocknete und ganz still und nachdenklich zuhörte. Ihre Gesichtszüge waren weicher geworden, als wollte sie die Kluft zwischen sich und den beiden schließen. Die Spielereien waren vorbei. Es schien, als wären jetzt alle bereit, ernsthaft miteinander zu reden.

»Vielleicht sollten wir uns anhören, was Lizzie uns zu sagen hat«, sagte Kevin, »und danach können wir entscheiden, was wir tun wollen. Was meinst du?«

Tess war erleichtert. Sie nickte und seufzte und sank noch tiefer in die Polster. Als wollte sie dem Ganzen zustimmen, sprang eine getigerte Katze leichtfüßig auf den Sessel und machte es sich auf Tess' Schoß bequem.

In der Cafeteria der Polizeiwache trug John Maloney sein Tablett zu einem freien Tisch. Gewöhnlich ging er nach dem Dienst nach Hause, weil er lieber selber kochte und das auch ganz gut konnte. Doch heute war er viel zu erschöpft, um auch nur daran zu denken. In seinem Kopf sprangen Ziegen umher und stellten unsägliche Dinge an, und es gelang ihm einfach nicht, sie zu verjagen. Er setzte sich und fing an zu essen, ohne genau zu registrieren, was er da aß. Wenn er ehrlich mit sich war, dann konnte er den Schaden, den die Ziegen angerichtet hatten, beim besten Willen nicht ernst nehmen. Dafür gab es wirklich wichtigere Dinge in der Polizeiarbeit. Aber es wurmte ihn, ausgerechnet von zwei Tieren so gründlich überlistet worden zu sein.

Aus dem Augenwinkel sah John Wachtmeister Griffin mit voll beladenem Tablett an der Kasse stehen. John sah schnell in eine andere Richtung, aber es war schon zu spät. Griffin hatte ihn gesehen und würde sich zu ihm setzen. Jetzt würde er Griffins Spott über sich ergehen lassen müssen. Oliver Griffin gehörte zu den Menschen, die nichts richtig ernst nehmen konnten oder zumindest so taten. In einem anderen Revier waren sie eine Zeit lang zur selben Schicht eingeteilt gewesen und hatten so manche Nacht zusammen auf Streife verbracht. In Notfällen war Oliver der beste Partner, den er sich wünschen konnte, weil der selbst in der schwierigsten Situation seinen Sinn für Humor behielt. In einigen kritischen Momenten hatte sich Johns zusammengekrampfter Magen wieder entspannt, weil Oliver plötzlich zu lachen angefangen hatte. Doch im normalen Tagesablauf war Olivers ewiges Frotzeln unerträglich.

»Harter Tag?«, fragte Griffin und stellte sein Tablett ab. Es war sein Frühstück. Er war gerade erst zur Nachtschicht eingetroffen. »Die Arbeit macht dich wohl zickig?«

»Fang bloß nicht damit an, Olly«, sagte John. »Ich bin nicht in der Stimmung dafür.«

»Ach, komm schon. So schlimm kann es doch nicht sein, wenn man sich zur Abwechslung mal ein bisschen sportlich betätigt. Große Schlagzeile: Großwildjagd in Tibradden, Grafschaft Dublin.«

»Ich bin froh, wenn ich nie wieder in meinem Leben eine Ziege zu sehen bekomme. Dir wär das Lachen auch vergangen, wenn du hinter ihnen her gewesen wärst.«

»Woll'n wir wetten?«

John musste gegen seinen Willen lachen und fühlte sich sofort besser.

»Das Schlimmste war, dass die beiden Biester offensichtlich einen Heidenspaß hatten. Ich könnte schwören, sie haben sich über uns lustig gemacht.«

»Dann wird's wohl auch so gewesen sein«, sagte Griffin. »Und wie ich gehört habe, hast du das Schlossfräulein kennen gelernt?«

»Wen?«

»Die alte Lizzie.«

»Ach die. Kennst du sie? Ganz schön schrullig, was?«

»Allerdings. Sitzt auf einem Vermögen und lebt wie jemand an der Armutsgrenze.«

»Auf einem Vermögen? Wie kommst du denn darauf?«

»Das ganze Land. Die Felder hier. Gehört alles ihr. Achtzig Morgen ungefähr. Stell dir mal vor, was das wert ist.«

»Donnerwetter!«, sagte John.

Oliver aß seinen Nachtisch auf und fing dann mit dem Hauptgericht an. John hatte das oft genug gesehen und wunderte sich nicht mehr, trotzdem wurde ihm jedes Mal ein bisschen flau im Magen.

»Allerdings«, sagte Oliver. »Die Spekulanten schwirren um sie rum wie die Fliegen, aber sie verkauft nicht. ›Ich habs alles, was ich brauch, und ich brauch alles, was ich habs‹«, machte er sie nach.

Das klang so echt, dass John wieder lachen musste. »Hast du etwa auch versucht, ihr Land zu kaufen?«

»Ach wo. Ich kenne Lizzie seit Jahren. Sie ist ein Original, das muss man schon sagen. Man sieht das auf den ersten Blick gar nicht. Ich geh häufiger mal bei ihr vorbei, wenn's keiner merkt, auf 'ne Tasse Tee.«

»Na, na.«

»Öffentlichkeitsarbeit, John, alles Öffentlichkeitsarbeit. Außerdem ist sie einsam da draußen, so ganz allein. Ist doch nichts bei, oder?«

»Nein, sicher nicht.« John legte das Messer hin und fing an, sich eine Apfelsine zu schälen, während er versuchte, die roten Ketchuppfützen auf dem Teller seines Freundes zu übersehen.

»Außerdem«, fuhr Oliver fort, »tut sie mir auch ein bisschen Leid, weil die Hälfte der Immobilienhaie in Dublin nur auf ihr Ableben wartet. Stell dir vor, du wüsstest, alle um dich herum wünschen sich nur deinen Tod. Und wie gesagt, es macht Spaß, sich mit ihr zu unterhalten. Jedes Mal, wenn ich komme, sagt sie, ich solle abhauen, aber wenn man das überhört, ist sie manchmal richtig freundlich.«

»Unter Spaß stell ich mir was anderes vor«, sagte John.

»Ach, sei nicht so zynisch.« Oliver trank schlürfend einen Schluck Tee, dann fuhrt er fort: »Das Leben macht keinen Spaß, wenn du ihm nicht die Gelegenheit dazu gibst. Mir wird es Leid tun, wenn sie eines Tages den Löffel abgibt, aber es wird auch was zu lachen geben. Kannst du dir die Gesichter dieser Spekulanten vorstellen, wenn sie herausfinden, dass sie ihr Vermögen einem Altersheim für ausgemusterte Esel vermacht hat?«

»Esel?«

»Naja, das hat sie wahrscheinlich vor. Oder einem Ziegenheim. Das wär doch mal was. Was wohl das ›Nachbarschaftskomitee‹ davon halten würde?«

John lächelte unwillkürlich. »Das könnte sie aber nicht so einfach machen«, sagte er. »Ihre Verwandten hätten doch zumindest Anspruch auf einen Pflichtteil, oder?«

»Was für Verwandte? Lizzie hat keine Verwandten.«

»Und ob. Ich habe heute ihre Nichte kennen gelernt. Oder ihre Großnichte oder so.«

Oliver schüttelte voller Überzeugung den Kopf. »Nein«, sagte er. »Nicht Lizzies Großnichte, niemals. Sie hat mir selbst erzählt, dass von ihrer Familie in England keiner mehr lebt, und hier in Irland hatte sie nie eine Familie. ›Ich bins ganz allein in der Welt, und so gefällt's mir. Ich habs keine Zeit für die Leute, ich nicht. Die brauchens zu viel Platz.‹«

»Diesmal irrst du dich aber, Oliver. Ich –« Hier brach er

ab. Der sanft pochende Verdacht, der sich beim Anblick von Tess geregt hatte, war plötzlich zu einem ohrenbetäubenden Hämmern geworden.

»Trink deinen Tee, Olly«, sagte er und stand auf.

»Warum? Wo willst du hin?«

»Wir müssen los, Olly. Wir müssen uns die Vermisstenanzeigen ansehen.«

»Ich wusste, es würde passieren«, sagte Lizzie. »Ich wusste es gleich, als ich es in der Zeitung las.«

Kevin sah mit fragend hochgezogenen Augenbrauen zu Tess hinüber. Tess zuckte die Achseln.

»Ich habs keine Zeitung abonniert«, fuhr Lizzie fort. »Ich habs ja gar kein Interesse an dieser ganzen Politik und den Kriegen überall. Ich kriegs die Zeitung von Mr. Quigley, das ist der Bauer, dem die Kühe gehören. Der gibts mir seine alten zum Feuermachen. Ich habs nichts übrig für diese Feueranzünder, die stinkens wie ein Auto.«

Tess streichelte die Katze auf ihrem Schoß. Jetzt, da sie bald nach Hause kommen würde, war sie ganz ruhig. Sie hatte zwar keine Ahnung, was sie ihren Eltern sagen sollte, aber darüber konnte sie später noch nachdenken.

»Manchmal gucks ich sie mir an, bevor ich sie zusammenknülls«, sagte Lizzie, »und manchmal auch nicht. Ich weiß, wenn's was Wichtiges ist, merks ich's sowieso. Ich sags immer, wie kann etwas wichtig sein, wenn man danach suchen muss? Deswegen war ich nicht überrascht, als ich das las.«

»Was denn?«, fragte Kevin.

»Dass die bohrens, da oben am Nordpol. Ich wusste ja, was passieren würde, wenn die damit anfangen. Aber die

Leute denkens nie an das, was danach kommt. Sie wollens Öl und dann wollen sie Geld und Autos und Feueranzünder, und wenn sie das alles habens, was wollen sie dann? Noch mehr davon. Deswegen habs ich mir gesagt, ich warne sie. Genau das mach ich.«

Sie erhob sich steif und ging zum Spülbecken. Inzwischen war es dunkel und sie zog die Vorhänge vor. Einen Moment lang wurde das Zimmer nur vom warmen Feuerschein erhellt. Lizzie kramte in einer Schublade, bis sie das, was sie suchte, gefunden hatte. Dann machte sie Licht und kam zu ihrem Sessel zurück.

»Hier«, sagte sie und gab Kevin ein Stück Packpapier. »Das ists natürlich nur eine Kopie. Ich machs mir immer 'ne Kopie von den Briefen, die ich schreibs. Kommts nicht allzu oft vor heutzutage. Der echte Brief war auf richtig gutem Papier geschrieben. Das beste, was man heute kaufen kanns, sagt Mr. Quigley.«

Tess beugte sich vor und las über Kevins Schulter den Brief. Der Briefkopf lautete:

An den Premierminister Und den Stellvertretenden Premierminister des Parlaments, KILDare Street, Dublin. Von Mrs. Elizabeth Larkin aus TiBradden, Grafschaft Dublin, BESITZERIN von Viel Land und WertVollem BeSitz.

»Die müssens ja wissen, dass man jemand ist«, sagte Lizzie stolz, »damit sie einen ernst nehmens. Einen gewöhnlichen Menschen beachtens die doch gar nicht.«

Tess und Kevin lasen weiter. Die Schrift war groß und krakelig, und kleine und große Buchstaben waren bunt gemischt.

SiE dÜRFen nIcht zuLASsen, daSS die ERdölGeseLL-schaften wEIter AM norDPOl bohreN. SONST kom-mEN die GrokeN raus, und Dann WeRDen SIE ja sEhEn, waS sIE DaVon habEN.

MIT LEtztER hOCHachTung, Lizzie Larkin.

PS BItte schiCKEN Sie einE KOpie an DIe GeseLL-Schaft, dIe dort BOhrt, iCH habE dIe AdreSSe nichT.

Tess lehnte sich wieder in ihren Sessel zurück. Sie wusste genau, wo dieser Brief gelandet war, und fragte sich, wie viele ähnliche Briefe die Regierung jedes Jahr von irgend-welchen Spinnern bekam. Sie seufzte. Die Katze drehte sich auf ihrem Schoß und rollte sich wieder zusammen.

»Na?«, sagte Lizzie. »Was meints ihr dazu?«

»Der Brief ist sehr gut, Lizzie«, sagte Tess. »Wirklich sehr gut. Nur die Leute … ich meine, die Leute in der Regierung kümmern sich meistens nicht um solche Briefe.«

»Egal, von wem sie sind«, ergänzte Kevin.

»Ihr habts Recht«, sagte Lizzie, »und ihr wissts auch warum, oder?«

»Warum denn?«

»Weil die denkens, sie wüsstens über alles Bescheid.«

Tess' Foto war gleich bei den ersten, die John Maloney in dem Büro sah, wo die Vermisstenanzeigen eingingen.

»Das ist sie«, sagte er zu Oliver Griffin. »Ich wusste, ich hab sie schon mal gesehen.«

»Wen?«

»Lizzies Nichte.«

»Aber Lizzie hat keine Nichte«, sagte Oliver.

»Ich glaub dir, Olly«, sagte John. »Komm, gehen wir.«

»Im Allgemeinen denkens die Menschen, sie wissens immer alles«, sagte Lizzie. »Und wenn sie was nicht wissens, dann legens sie's unter ein Mikroskop oder ein Periskop und machen es größer. Aber es gibts Dinge in der Welt, die solls man so lassen, wie sie sind. Da solls man nicht dran rumpfuschen.«

Tess sah auf die Uhr. Ihre Eltern waren bestimmt noch wach, wenn sie nach Hause kam.

»Sie benutzens ihren Verstand nicht«, fuhr Lizzie fort. »Sie guckens sich Dinge an, die ganz einfach sind, und dann veranstaltens sie alles Mögliche, um sie ganz kompliziert und schwierig zu machen. Sie sehens, dass die Erde oben und unten kalt ist, also tischens sie uns eine Lügengeschichte auf, dass wir uns alle in der Luft drehen wie ein Fußball. Aber man kann einen Fußball den ganzen Tag durch die Luft werfen und er wird oben und unten nie kälter als in der Mitte.«

»Ich glaube, die Pole werden nicht durch das Drehen kalt, Lizzie«, sagte Kevin. »Ich glaube, es hat mit der Erdneigung zu tun.«

»Erdneigung?«

»Ja, die Erde ist ein bisschen schräg und dreht sich, und deshalb bekommen manche Gegenden nicht so viel Sonne ab.«

»Und woher weißt du das?«

»Aus einem Buch in der Bücherei.«

Lizzie stand verärgert auf und zwei Katzen sprangen rasch zu Boden. »Das ist genau das, wovon ich rede«, sagte sie. »Warum muss ein netter Junge wie du in einer Bücherei rumschnüffeln? Und allen möglichen Unsinn rauskriegen, für den er keine Verwendung hat? Und wenn dann mal die Zeit kommts, wo du was wirklich Wichtiges lernen kannst, dann ists kein Platz mehr in deinem Kopf.« Sie ging zum Feuer hinüber. »Und du mach mal ’n bisschen dalli!«, sagte sie und stieß den Kessel an.

»Warum erzählen Sie uns nicht trotzdem von Ihren Groken?«, fragte Tess.

»Meine Groken?«, sagte Lizzie. »Das sinds nicht meine Groken. Sie gehörens allen. Das sinds einfach nur Groken.«

»Na gut, erzählen Sie uns doch von ihnen, ja?«

»Wir sinds zu weit südlich, um sie zu kennen, das ist der Punkt. In Finnland und im Norwegerland, da kennts man sie, und in Sibirien kennts man sie auch, nur habens die da ein anderes Wort für sie. Es sinds große, kalte, flache Dinger wie Quallen, und sie schlafens in ihrem eigenen Eis, so wie ein Eisbär in seiner Fettschicht. Sie schlafens tausend und abertausend Jahre, und solange sie schlafens, stören sie keinen. Aber wenn sie aufgeweckt werdens, dann kriegens sie Hunger, und dann ziehens sie los und suchens sich was zu fressen.«

Tess sah zu Kevin hinüber, weil sie dachte, er fände das genauso witzig wie sie, aber er blickte ganz ernst ins Feuer.

»Was ist denn mit anderen kalten Gegenden, Lizzie?«, fragte er. »Mit den Alpen und dem Himalaya?«

»Meinst du die Gebirge da? Aber da ists es kalt, weil sie so hoch oben sinds! Das weiß doch jeder!«

Darauf war es lange still. Tess zog ihren Sessel näher ans Feuer. Draußen nahm der Wind zu und sie hörte, wie die Katzenklappe an der Haustür zuschlug. Schließlich seufzte Lizzie und schüttelte traurig den Kopf. »Ihr glaubts mir nicht«, sagte sie. »Das habs ich befürchtet.«

Die beiden sagten nichts, denn es gab nichts zu sagen.

Manchmal fuhr ein Windstoß durch den Kamin und fachte die Flammen an, so dass sie um den Kessel tanzten.

»Ihr glaubts nicht, dass es Groken gibt«, sagte Lizzie, »und wahrscheinlich glaubts ihr auch nicht, dass es Dinosaurier gegeben hat.«

»Aber das mit den Dinosauriern ist doch was anderes«, sagte Tess. »Dafür gibt es Beweise. Man kann ihre Knochen heute noch sehen.«

»Wir wissens nicht, was das für Lebewesen waren, von denen die Knochen sinds«, sagte Lizzie, »und überhaupt, Groken haben keine Knochen, also kanns man auch keine finden. Und wenn es Dinosaurier gegeben hats, wo sinds sie dann jetzt?«

Kevin wurde ungeduldig. »Das weiß doch jeder, Lizzie. Sie sind ausgestorben.«

»Und weiß auch jeder, weshalb sie ausgestorben sinds?«

»Die Erdkruste hat sich verschoben und dann hat sich was in der Atmosphäre verändert. So war das.«

»Von wegen. Die Erde hats gebebt«, sagte Lizzie, »und davon sinds die Groken aufgewacht, so war das. Und als die Groken aufwachten, hatten sie Hunger, so war das. Also habens die Groken alle Dinosaurier, die nicht schon längst tot und begraben warens, aufgefressen. So war das nämlich, ihr oberschlauen Teenager.«

Tess spürte, wie ihr ein kalter Schauer über den Rücken lief. Ein Gefühl, das sie auch manchmal hatte, wenn sie ein Gedicht las oder Musik hörte, die an eine tiefe, zarte Wahrheit rührte, für die sie keine Worte finden konnte. Wieder war es lange Zeit still, bis Lizzie sagte: »Es schneits, ich rieche es.«

Die beiden Polizisten parkten ihren Wagen in einiger Entfernung von Lizzies Haus. Bevor sie ausstiegen, leerten sie alle losen Münzen aus ihren Hosentaschen und verstauten sie im Handschuhfach. Oliver nahm den Autoschlüssel von seinem Schlüsselbund ab und legte den Bund unter den Sitz. Kein Klimpern oder Klirren sollte sie verraten, wenn sie sich dem Haus näherten.

Lizzies Kessel fing leise an zu pfeifen. Diesmal wusste sie, wo die Milch war, und sie hatte auch schon die Teekanne bereitgestellt, trotzdem war sie nun eine Weile beschäftigt. »Switcher sinds nicht mehr das, was sie früher mal waren«, sagte sie. »Damals wusstens wir Sachen, von denen ihr nicht die leiseste Ahnung habts.«

»Aber was können wir denn tun, Lizzie?«, fragte Tess. »Auch wenn wir das von den ... ich meine, auch wenn das mit den Groken wahr ist.«

»Es ists wahr«, sagte Lizzie.

»Auch wenn es wahr ist«, wiederholte Tess. »Was könnten Kevin und ich dann tun?«

Lizzie dachte einen Moment nach, während sie die Teekanne mit warmem Wasser ausschwenkte. »Genau weiß ich es auch nicht. Aber eins weiß ich. Switcher habens Kräfte, von denen ihr nicht mal zu träumen wagts. Ihr habts nicht mal angefangen zu begreifen, was ihr tun könnts.«

»Was meinen Sie damit?«, fragte Kevin mit plötzlichem Interesse.

Lizzie goss das Wasser aus der Kanne ins Spülbecken. »Ich weiß, was ihr alles schon gewesen seids. Ich kanns das sehen. Ihr könntets das auch sehen, wenn ihr richtig hingucken würdets. Und ich weiß, dass ihr nicht mal die Hälfte von dem ausprobiert habts, was ich in eurem Alter schon gemacht hatte. Ihr habts eben keine Vorstellung davon, was ihr tun könnts.«

»Was können wir denn tun, Lizzie?«

»Das weiß ich auch nicht so genau. Aber jetzt, wo es zu spät ist, wünschts ich mir, ich könnte nochmal ein Switcher sein. Wenn wir jung sinds, denkens wir, wir habens jede Menge Zeit. Und manchmal verlangens wir uns nicht genug ab. Wir benutzens unsere Phantasie nicht, und deswegen erfahrens wir nie, was noch in uns steckts. Manchmal wissens wir erst, was wir alles könnens, wenn es schon zu spät ist.«

Kevin hörte aufmerksam zu, aber Tess' Gedanken schweiften ab. Lizzie klang verdächtig nach ihren Eltern und Lehrern, die immer davon redeten, dass junge Leute sich nicht genügend anstrengten. Sie sah wieder auf die Uhr. Es war noch Zeit für eine Tasse Tee, beschloss sie, und währenddessen würde sie sich überlegen, wie sie Kevin allein sprechen und ein Treffen vereinbaren konnte. Bevor sie nach Hause ging, wollte sie sicher sein, dass sie ihn wieder sehen würde.

Lizzie goss das kochende Wasser über die Teeblätter.

Und dann klopfte es an der Tür.

14

Lizzie?«, rief Oliver an der Haustür. »Keine Angst. Ich bin's, Wachtmeister Griffin.« Ohne abzuwarten, klopfte er wieder. »Aber machen Sie schnell, bitte, hören Sie? Machen Sie auf.«

»Schon gut, schon gut«, sagte Lizzie und trat in den Flur. »Ich komms ja schon.« Sie drehte das Außenlicht an, öffnete die Tür und sah Oliver ängstlich an. »Was wollens Sie denn um diese Tageszeit? Einer alten Frau mitten in der Nacht Angst einzujagen! Sie solltens sich was schämen.«

Oliver ging an ihr vorbei ins Haus und zur Küche.

»Tut mir Leid, Lizzie«, sagte er. »Aber diesmal ist es dienstlich.« Er war ebenso erleichtert wie enttäuscht, dass er keine Spur von irgendwelchen jugendlichen Ausreißern entdeckte.

»Also, ich versteh gar nichts«, sagte Lizzie, folgte ihm in die Küche und schloss die Tür hinter sich. »Das habs ich ja im Leben noch nicht gehört. Wegen zwei Ziegen so ein Theater! Und sehen Sie sich das mal an! Sie hättens sich draußen die Stiefel abklopfen sollen. So tragens Sie mir den ganzen Schnee ins Haus!«

»Entschuldigen Sie bitte«, sagte Oliver. »Aber diesmal hat es nichts mit Ziegen zu tun. Wir suchen den Jungen und das Mädchen. Die beiden, die heute Nachmittag hier waren.«

»Warum? Was habens die getan?«

»Geht's hier raus, Lizzie? Nach hinten?«

»Was wollens Sie denn da hinten? Da ists doch nichts.«

Oliver ging durch die Waschküche zur hinteren Tür. Als er sie öffnete, stand John davor.

»Was machts der denn da?«, fragte Lizzie. »Was ist hier eigentlich los? Warum kommts er nicht zur Haustür rein wie jeder anständige Mensch?«

»Wir wollten uns nur absichern«, sagte Oliver. »Falls einer durch die Hintertür entwischen wollte.«

»Wer solls durch die Hintertür entwischen? Wovon redens Sie überhaupt?«

»Sie sind nicht hier, glaub ich«, sagte Oliver zu John. »Aber guck mal besser oben nach, für alle Fälle.«

»Das tut er nicht«, sagte Lizzie entrüstet. »Und hörens Sie auf, über meinen Kopf hinwegzureden, als wärs ich gar nicht da! Ich bins zwar kleiner als Sie, aber ich bins älter als Sie beide zusammen, und Sie habens kein Recht, in mein Haus reinzuplatzen, als würde es Ihnen gehören.«

Oliver seufzte. »Entschuldigen Sie bitte, Lizzie. Sie haben Recht. Wir sind nur ein bisschen durcheinander, weil wir auf dem Weg zu ihrem Haus ein Problem hatten. Einer Ihrer Bäume hat Johns Mütze beschlagnahmt und nicht wieder rausgerückt.«

»Ich reds mal morgen früh mit ihm«, sagte Lizzie.

»Ist nicht nötig. Wahrscheinlich finden wir sie auf dem Rückweg. Wir haben unsere Stablampen nicht benutzt, weil wir nicht gesehen werden wollten.«

»Sie wolltens sich also an uns ranschleichen, wie?«

»Was meinen Sie mit ›uns‹?«, sagte John ganz beiläufig.

»Mich und Nancy und die Miezen«, sagte Lizzie. »Die

wolltens sich an uns ranschleichen, Miezen, stellts euch vor. Weil sie den netten Jungen und das Mädchen suchens, die hier waren. Überhaupt, was habens die denn getan?«

»Wir glauben nicht, dass sie was Schlimmes getan haben, Lizzie, aber das Mädchen ist von zu Hause weggelaufen, und ihre Eltern machen sich Sorgen um sie.«

»Oje«, sagte Lizzie. »Und ich dachte, die sinds so nett. Wissens Sie denn, ob es überhaupt das richtige Mädchen ist?«

»Hundertprozentig«, sagte John.

»Dann habens die mich angelogen. Ich sags doch immer, einem Teenager kanns man nicht trauen.«

»Wie lange sind sie schon weg?«, fragte Oliver.

»Lassen Sie mich mal überlegen. Sie sinds gegangen, kurz nachdem dieser junge Mann hier nach den Ziegen gesucht hats, glaubs ich.«

»Aber vielleicht erwarten Sie sie zurück?«, sagte John.

»Nein, warum sollte ich?«

»Naja, ich wundere mich nur, warum der Tisch mit drei Tassen gedeckt ist.«

Da standen sie, drei zusammengestückelte Tassen und drei ebenso zusammengestückelte Untertassen, dazu ein Milchkännchen und eine Zuckerdose.

»Drei Tassen«, sagte Lizzie. »Die guckens aber genau, was, Miezen? Naja, wahrscheinlich müssens die das. Dazu haben sie ja ’ne Ausbildung. Aber vielleicht sinds sie ja ein bisschen zu schlau, wie? Vielleicht gibts es im Leben einer alten Frau Sachen, nach denen man nicht fragen sollte.«

John lief es kalt den Rücken hinunter. Das kleine Haus sah schon von außen ganz schön gespenstisch aus, auch wenn das Licht brannte. Und der Weg durch die rabenschwarze Nacht hatte ihm alles andere als Spaß gemacht.

»Leider müssen wir diese Fragen stellen, Lizzie«, sagte Oliver. »Das gehört zu unserer Arbeit.«

»Sie müssens fragen, Miezen. Aber vielleicht würden sie es lieber nicht wissen wollen?« Sie ging zum Tisch und goss in jede der Tassen einen Schluck Milch. »Das machs ich jeden Abend, bevor ich ins Bett gehs. Und morgens, wenn ich aufstehs, machs ich das auch.« Sie goss den Tee ein und löffelte Zucker in die Tassen. Dann stellte sie eine Tasse vor sich hin und die anderen beiden zu ihren Seiten. »Diese ists für mich«, sagte sie, »und diese ists für George, meinen Mann, der im Krieg übers Meer gefahren ist und nie zurückkams, und diese hier ists für unsere kleine Tochter Kitty, die starbs, bevor sie noch zur Welt kams.«

John scharrte verlegen mit den Füßen. Plötzlich war das kleine Haus von einem entsetzlichen Gefühl der Einsamkeit erfüllt. Selbst Oliver war still.

»Also«, sagte Lizzie vergnügt. »Nun gehens Sie mal schön nach oben und sehens Sie sich um. Na los.«

»Ist schon gut, Lizzie«, sagte Oliver. »Das ist jetzt nicht mehr nötig.«

»Und ob das nötig ist. Ihr tuts eure Arbeit, und die muss gründlich gemacht werden. Und ich muss an meinen Ruf denken. Da solls keiner sagen können: ›Vielleicht hat sie die beiden jugendlichen Verbrecher die ganze Zeit versteckt.‹ Also los, rauf mit euch.«

»Das sind keine Verbrecher, Lizzie«, sagte Oliver.

»Und wenn schon.« Sie schob sie in den Flur. »Die Birne im Flur ists kaputt, aber oben an der Treppe ists ein Schalter. Nun aber los.«

Die beiden Polizisten gehorchten verlegen und stapften die enge Treppe hoch. Sie blieben gerade lange genug oben, um einen Blick in die beiden kleinen Schlafzimmer zu werfen, dann kamen sie wieder herunter.

»Tut uns Leid, Lizzie«, sagte Oliver. »Wir wollten Sie nicht stören.«

»Sie sinds viel verstörter als ich, so wie's aussiehts«, sagte Lizzie. »Warum setzen Sie sich nicht und trinkens den Tee, wo er doch schon eingegossen ist?«

John zuckte zusammen, und selbst Olivers sonst eiserne Nerven drohten einen Moment lang durchzugehen. »Das ist sehr freundlich von Ihnen«, sagte er, »aber ich glaube, wir sollten wieder gehen.« Er beugte sich vor und nahm einen rot gestreiften Kater hoch, der auf Lizzies Sessel schlief.

»Sie haben ja eine neue Katze.«

»Ich habs zwei neue Katzen«, sagte Lizzie. »Sie brauchens sich um mich und meine ulkigen Angewohnheiten keine Gedanken zu machen. Ich habs genug Gesellschaft.«

Oliver ging zur Haustür voran. »Haben die beiden gesagt, wo sie hinwollten, als sie gingen?«

»Sie habens gesagt, sie würdens nach Hause gehen. ›Zeit nach Hause zu gehen‹, haben Sie gesagt, mehr nicht.«

Oliver band sich den Schal um und zog den Mantel fest zu. »Das macht Wachtmeister Maloney jetzt auch. Ich wünschte, ich könnte ebenfalls nach Hause gehen, ich habe leider noch Dienst. Gute Nacht, Lizzie.«

»Gute Nacht.«

Die beiden Männer schalteten ihre Stablampen an und

waren bald von dem Schneesturm verschluckt. Lizzie schloss die Tür und ging an dem Armeeparka und der Daunenjacke vorbei, die an dem Garderobenständer bei ihren Mänteln hingen, und wieder in die Küche. »Das wars aber knapp, Miezen«, sagte sie, doch sie erhielt keine Antwort, nicht einmal einen Blick. Jede der sechs Katzen im Zimmer schlief tief und fest. Lizzie betrachtete die drei Tassen auf dem Tisch, und einen Augenblick lang legte sich das Gefühl der Einsamkeit, das noch in der Luft schwebte, um ihr Herz.

Tess wachte kurz vor Tagesanbruch auf. Das Feuer war in der Nacht heruntergebrannt, und es war kühl im Zimmer. Sie gähnte, stand auf und reckte sich, wobei sie ihre Vorderpfoten ganz weit von sich streckte und sich immer wieder an dem Polster festkrallte.

Die anderen Katzen erkundeten draußen die Nacht und waren noch nicht wieder aufgetaucht. In einem Sessel ganz nah am Kamin saß jemand und Tess sprang von ihrem Sitz in der Absicht, sich auf dem sich bietenden warmen Schoß zusammenzurollen und weiterzuschlafen. Doch auf halbem Wege dorthin sagte ihr Menschenverstand, dass es Kevin war. Sie switchte und war froh darüber, ihn erkannt zu haben, bevor sie auf sein Knie gesprungen war. Er schreckte auf, als sie plötzlich vor ihm stand, dann nickte er kurz und wandte sich wieder dem Feuer zu.

Ein paar trockene Scheite waren in der Glut aufgeschichtet, hatten aber noch nicht Feuer gefangen. Kevin saß nach vorn gebeugt, die Ellbogen auf die Knie gestützt, und war offensichtlich tief in Gedanken. Tess zog einen

Sessel heran und spreizte ihre Hände über den spärlichen Flammen. »Kalt«, sagte sie.

Kevin bewegte sich und seufzte, sagte aber nichts.

»Ich bin eingeschlafen«, sagte Tess. »Katzen sind klasse, findest du nicht? Es gibt nichts Besseres, wenn man es gemütlich haben will. Manchmal denke ich, wenn ich wählen müsste, würde ich eine Katze sein wollen.«

Kevin sagte immer noch nichts und starrte nur weiter ins Feuer. Tess sah auf die Uhr. Es war halb sieben. »Ich wollte gestern Abend noch nach Hause«, sagte sie, »aber dann bin ich eingeschlafen. Jetzt hat es keinen Zweck zu gehen, weil noch keiner auf ist. Meinst du, Lizzie hätte was dagegen, wenn wir Tee machen?«

Kevin warf ihr einen kalten Blick zu. »Mach doch, was du willst«, sagte er. »Wen kümmert's schon?«

»Weißt du, was dein Problem ist?«, sagte Tess. »Du hast zu lange als Eidechse gelebt. Ich fand das nie interessant.«

Kevin sah sie wütend an. »Und du, du warst zu lange eine dämliche Elster, mit deinem blöden Geplapper, das allen auf die Nerven geht.«

Tess fluchte in der Rattensprache und Kevin fluchte zurück. Sie waren quitt und eine Weile lang sagten sie gar nichts. Langsam begannen die Holzscheite von unten her zu brennen und kleine Flammen züngelten an den Seiten empor. Aus der Waschküche kam eine Katze herein, doch als sie sah, dass Lizzie nicht im Zimmer war, verzog sie sich wieder. Schließlich stand Kevin auf und ging zum Fenster. Er zog die Vorhänge zurück und sah in die Dunkelheit hinaus.

Schneeflocken taumelten gegen die Scheiben, und auf dem Fenstersims hatten sich kleine Schneewehen gebildet.

»Ich habe nichts dagegen, wenn du nach Hause gehst, Tess«, sagte er. »Ich werf dir das nicht vor.«

»Wie meinst du das?«

Er ließ den Vorhang fallen und setzte sich wieder ans Feuer. »Wahrscheinlich würde ich das an deiner Stelle auch tun«, sagte er.

»Das verstehe ich nicht«, sagte Tess. »Was kann man denn sonst machen?«

»Ich will da hin.«

»Wohin?«

»In die Arktis.«

Tess sah ihn mit großen Augen an. »Wie? Willst du wirklich nach Lizzies Groken suchen?«

»Warum nicht?«

»Weil ... weil es verrückt ist, Kevin, es ist eine Spinnerei. Glaubst du wirklich, die gibt es da oben? Riesige Glibbertiere, die eine Eiszeit hervorrufen können?«

Kevin zuckte die Achseln. »Ich weiß nicht.«

»Ich aber«, sagte Tess. »Lizzie ist gar nicht so übel, wenn man sie erst mal besser kennt, aber sie ist nicht ganz klar im Kopf. Sie hat nicht alle Tassen im Schrank.«

»Ach ja?«

»Natürlich. Du hast den Brief selbst gesehen. Sie ist verrückt, aber harmlos.«

»Und was ist mit uns, Tess?«

»Wie, was ist mit uns?«

»Na ja, was würden die Leute sagen, wenn wir ihnen erzählen würden, was wir machen? Was wir sind?«

»Wir erzählen es ihnen ja nicht, oder?«

»Natürlich nicht. Aber warum nicht? Was würde passieren, wenn wir es ihnen erzählen?«

Tess sagte nichts, sie wollte sich nicht von ihm aufs Glatteis führen lassen.

»Komm schon«, sagte Kevin. »Wenn du deinen Eltern erzählen würdest, was du in den letzten paar Tagen gemacht hast, was würden sie dann sagen?«

»Wahrscheinlich würden sie sagen, ich wäre in üble Gesellschaft geraten und hätte Drogen genommen.«

»Vielleicht. Aber ich wette, sie würden dich zu einem Psychiater schleppen. Oder? Wenn du auf der Wahrheit beharren würdest?«

»Aber das ist doch was anderes«, sagte Tess.

»Wieso?«

»Weil es das ist. Weil wir die Wahrheit kennen und es beweisen könnten, wenn es wirklich drauf ankäme. Aber diese Sache mit den Groken ist doch lachhaft.«

Kevin schwieg. Das Feuer loderte jetzt kräftig und Funken flogen auf die Kaminumrandung. Tess stand auf und füllte den Kessel am Spülbecken mit Wasser. Draußen fingen die ersten Vögel in den Bäumen an, sich über das Wetter zu beschweren.

»Außerdem«, sagte sie, »selbst wenn es wahr wäre, was es nicht ist, was könnten wir dann machen? Du und ich?«

Kevin lehnte sich in seinem Sessel zurück. »Das ist es ja gerade, Tess«, sagte er. »Deswegen mache ich es.«

»Wie meinst du das?«

»Na ja, also ehrlich gesagt glaube ich das mit den Groken genauso wenig wie du. Und ich würde es auch nicht machen, wenn Lizzie nicht was gesagt hätte über …« Er sprach nicht weiter.

»Worüber?«

»Was hat sie nochmal genau gesagt? So was wie, wir

wüssten nicht, was wir tun können. Wir wüssten nicht mal die Hälfte.«

»Aber das wissen wir doch sowieso, Kevin. Oder ich wenigstens. Schließlich leben wir in Irland und können hier nicht als Elefanten oder Kängurus oder Flamingos rumlaufen. Das wäre doch verrückt!«

»Ich glaube nicht, dass Lizzie das gemeint hat.«

»Was hat sie dann gemeint?«

»Ich weiß nicht. Aber als sie das sagte, hatte ich plötzlich ein ganz komisches Gefühl. Ich kann's nicht erklären, es war, als wüsste ich auf einmal, wie Recht sie hat, und dass in mir Kräfte und Möglichkeiten stecken, die ich nicht richtig nutzen kann. Es fühlte sich an, als ob ich bis oben hin voll damit wäre und nur nicht wüsste, wie ich es in Gang setzen kann. Als ob ich nicht in der Lage wäre, es rauszulassen.«

Tess schwieg; nicht, weil sie glaubte, dass er dummes Zeug redete, sondern weil sie manchmal genau das gleiche Gefühl hatte.

»Für dich ist es was anderes«, sagte Kevin. »Du hast noch ein paar Jahre zum Ausprobieren. Um herauszufinden, was du alles sein kannst. Aber ich nicht. Ich hab nicht mehr viel Zeit übrig.«

Der Kessel wurde munter und seufzte tief und lang. Tess unterdrückte den Wunsch, ihm einen Schubs zu geben. »Das verstehe ich«, sagte sie. »Das erklärt aber immer noch nicht, warum du wegen so einer verrückten Idee in die Arktis gehen willst.«

»Doch, genau das erklärt es«, sagte Kevin. »Erinnerst du dich noch, als wir auf diesem verwilderten Grundstück waren und du dich nicht in eine Ratte verwandeln wolltest?«

»Ja klar.«

»So geht es einem doch ganz oft im Leben. Vielleicht hättest du den Schritt nie gewagt, wenn nicht der Hund gekommen wäre und dich praktisch dazu gezwungen hätte. Also hast du es gemacht. Du hättest wegfliegen können, aber das hast du nicht getan.«

»Na und?«, sagte Tess. »Ehrlich gesagt, im Moment bin ich mir nicht so sicher, ob es mir was gebracht hat.«

»Na ja, vielleicht nicht«, sagte Kevin. »Und vielleicht bringt einem nicht alles, was passiert, das, was man sich wünscht. Vielleicht passieren manchmal Dinge aus Gründen, die wir nicht gleich verstehen und vielleicht passieren sie sogar ohne jeden Grund. Du kannst dein ganzes Leben lang immer nur überlegen, warum etwas so passiert ist und nicht anders. Und trotzdem wirst du es nicht hinkriegen, dass dir alles immer was bringt.«

»So hab ich das nicht gemeint«, sagte Tess, »und das weißt du auch.«

Jetzt konnte sie sich nicht mehr zurückhalten und gab dem Kessel einen Schubs, worauf er heftig hin- und herschwang. Doch statt lauter zu pfeifen, verstummte er.

»Ja, ich weiß«, sagte Kevin, »aber selbst wenn – ich habe mich entschieden. Ich muss dort hin. Auch wenn es wahrscheinlich gar keine Groken gibt, ich kann nicht mehr zurück.«

»Ich glaube, du siehst die Dinge nicht realistisch, Kevin. Ich meine, auch wenn wir … wenn du beschlossen hast, dort hinzugehen, wie willst du das anstellen? Alle Tiere wandern in den Süden, das habe ich in den Nachrichten gesehen. Die Wetterbedingungen da oben sind so schlimm, das kann keiner überleben.«

»Aber genau darum geht es doch!« Kevin beugte sich vor, um ihr ins Gesicht zu sehen, und seine Augen glänzten vor Aufregung. »Verstehst du das denn nicht? Weil wir manchmal erst dann wissen, wozu wir fähig sind, wenn wir dazu gezwungen werden. Wenn wir uns immer mit dem zufrieden geben, was wir schon kennen und können, dann finden wir das vielleicht nie raus. Ich weiß gar nicht so genau, ob ich die Welt retten möchte, selbst wenn ich es könnte. Aber ich will wissen, wozu ich fähig bin, bevor es zu spät ist.«

Tess hörte Lizzies Schritte auf der Treppe und auch die Katzen merkten es, denn sie kamen nacheinander herein und schüttelten sich den Schnee von den Pfoten.

»Was machts ihr zwei denn so früh?«, fragte Lizzie.

»Wir unterhalten uns bloß«, sagte Kevin.

Lizzie stemmte die Hand in den Rücken und drückte ihr Kreuz durch. »Uch, steif wie ein Brett, sags ich euch. Diese Kälte die ganze Zeit ist nichts für mich. Habens sie euch noch nichts gegeben, Miezen. Noch nicht mal einen Tropfen Milch? Da sitzens sie und habens wichtige Dinge zu bereden, und ihr seids am Verhungern und halb erfroren vor Kälte.«

Die Katzen schnurrten und rieben sich an ihren Beinen. Lizzie schubste den Kessel an. Ein paar Tropfen spritzten aufs Feuer, aber dann fing er zögernd an zu pfeifen. »Und seids ihr zu irgendeiner Entscheidung gekommen nach all dem Unterhalten?«, fuhr sie fort. »Wollts ihr Schlittenfahren gehen oder Schneemänner bauen?«

»Ich mach mich auf den Weg in den Norden, Lizzie«, sagte Kevin.

Lizzie stand plötzlich kerzengerade, als wäre sie mit

einem Mal wieder einundzwanzig. »Wussts ich's doch«, sagte sie zu den Katzen. »Habs ich's euch nicht gesagt? Er ists vielleicht keine echte Ratte, aber er hats was von einer.«

Kevin lachte, und plötzlich fühlte Tess sich ausgeschlossen und unnütz. Ihr wurde mit einem Schlag klar, dass sie Kevin vielleicht nie wieder sehen würde, wenn er allein zum Nordpol aufbrach. Vielleicht würde er zurückkommen und sie in ihrem Haus am Park besuchen. Aber was, wenn er nicht kam? Und wenn es nun weiter schneite und sie nach Griechenland auswandern mussten, wie ihre Nachbarn, die Sheehans? Wie würde er sie dann je finden?

»Und was ist mit dir, Tessie«, sagte Lizzie. »Was hast du vor?«

Da wurde Tess ohne Vorwarnung von einem mächtigen Sog ergriffen, so stark, wie sie es noch nie erlebt hatte. Von einem Moment zum anderen wurde sie sich ihrer Kraft und Erfindungsgabe bewusst und in dem Moment fürchtete sie sich vor nichts und niemandem mehr.

»Lizzie«, sagte sie, »ich wills mit ihm gehen.«

15

Zum Frühstück gab es Pfannkuchen, die Tess und Kevin viel schneller verdrückten, als Lizzie sie in der alten gusseisernen Pfanne backen konnte. Sie tunkten die Pfannkuchen in zerlassene Butter und Ahornsirup und aßen sie mit den Fingern, und keiner meckerte, wenn es tropfte.

»Wie Faschingsdienstag«, sagte Tess.

»Genau«, sagte Kevin, »aber hoffentlich müssen wir in der Fastenzeit nicht auf zu viel verzichten.«

Tess dachte an den Schneesturm draußen. Sie würden auf dem Weg in den Norden nichts anderes zu sehen bekommen. Ihr war immer noch nicht klar, wie sie sich fortbewegen würden, und der Gedanke an ihre Eltern drohte sich in ihr Bewusstsein zu schleichen und ihre Entschlossenheit zu schwächen.

Als hätte sie Tess' Gedanken gelesen, sagte Lizzie: »Du denkst zu viel, mein Mädchen. Das habs ich dir schon mal gesagt. Nichts als Zeitverschwendung. Wenn du mit dem Pfannkuchen fertig bist, dann gehs zum Spülbecken und wasch dir die Hände, denn mehr gibts es nicht. Ich habs noch gar keine gehabt und bins schon ganz schwach vor Hunger, weil ich die ganze Zeit zusehen musste, wie ihr euch vollstopfts.«

Tess stand auf und ging zum Spülbecken, und Kevin folgte ihr. Weil das Wasser eiskalt war, wurde die Butter an ihren Fingern fest, aber das meiste ließ sich am Handtuch abreiben. Dann reichte sie Kevin das Handtuch und sah aus dem Fenster. Der Schnee hatte sich auf allen Flächen und Vorsprüngen, die er finden konnte, ausgebreitet. Jeder Ast, jeder Zweig und jedes Blatt senkte sich unter seinem Gewicht. Das erhebende Gefühl von Furchtlosigkeit und Stärke, das Tess noch vor dem Frühstück gespürt hatte, als sie ihre Entscheidung traf, war verflogen.

»Na los. Worauf wartets ihr noch?«, sagte Lizzie. »Auf geht's. Ziehts euch die Mäntel an. Was wollts ihr lange rumstehen?«

Kevin ging in den Flur und kam mit ihren Jacken wieder herein. Tess fühlte sich wie ein kleines Kind, das zum Spielen nach draußen geschickt wird und keine Widerrede wagt. Aber es war nicht Lizzie, die sie vorantrieb und auch nicht Kevin, es war ihr eigener Stolz. Ihre Angst, vor sich selbst nicht bestehen zu können, war größer als die Angst, die Achtung der beiden zu verlieren.

»Lizzie«, sagte Kevin. »Ich möchte Sie noch was fragen, bevor wir gehen.«

»Frags los«, sagte Lizzie und goss eine Kelle Pfannkuchenteig in die Pfanne.

»Was Sie da über die Macht, die wir haben, gesagt haben – wie können wir Dinge tun, von denen wir noch gar nicht wissen, dass wir sie tun können?«

»Habs ich das gesagt? Na, wahrscheinlich schon.«

»Na ja, können Sie uns sagen, wie Sie das meinen? Damit wir wissen, was wir alles können.«

Lizzie schwenkte die Pfanne, so dass der Pfannkuchen darin herumrutschte. »Ich habs darüber nachgedacht und beschlossen, dass das keine gute Idee ist.«

»Und warum nicht?«, fragte Tess.

»Weil ich euch keine Ideen in den Kopf setzen wills, darum nicht. Denn wenn ich euch Ideen in den Kopf setze, sinds das vielleicht die falschen. Und nichts versperrts einer guten Idee so leicht den Weg wie eine falsche.«

»Aber können Sie uns nicht einen Hinweis geben, Lizzie?«, fragte Kevin. »Oder ein Beispiel?«

»Genau das wills ich nicht. Ich habs keine Ahnung, was euch auf dem Weg begegnen wirds, und noch weniger, was ihr dann tuts. Aber eins verrate ich euch: Ich würds auf der Stelle die Tür verriegeln und so laut wie möglich Oliver Griffin und seinen einfältigen Kollegen zu Hilfe rufen, wenn ich dächte, ihr würdets in eine Gefahr geraten, mit der ihr nicht fertig werden könntets. Ich weiß, ich könnte es schaffen, wenn ich noch ein Switcher wäre. Und deshalb weiß ich ganz genau, ihr könnts es auch. Also, jetzt machts euch auf den Weg, bevor ihr zu viel denkts, und vergessts nicht, mich zu besuchen, wenn ihr wieder da seids.«

Kevin sah Tess fragend an, aber sie wandte den Blick ab und ging zur Tür. Ihr war vor Angst ganz beklommen, und sie wollte nicht, dass er das bemerkte.

Lizzie begleitete sie bis vor die Haustür. »Macht's gut, ihr zwei«, sagte sie, als die beiden in den Schnee hinaustraten. »Passts auf euch auf. Und denkts nicht so viel an das, was ists. Manchmal ist es besses, an das zu denken, was nicht ists.«

Kevin wollte sie fragen, was sie damit meinte, aber als er sich umdrehte, schloss sich die Tür vor seiner Nase.

Es war noch früh am Morgen. Tess sah sich um, als sie durch den Vorgarten zu dem Trampelpfad stapften. Außer ein paar frischen Katzenspuren, die der Schnee schnell wieder zudeckte, war alles unberührt. Die Vögel sprangen in den Bäumen umher und stießen kleine Schneelawinen los. Doch ihnen behagte das Wetter nicht, und sie harrten vor dem Haus aus und warteten darauf, dass Lizzie die Hühner fütterte.

»Was machen wir jetzt?«, fragte Tess.

Kevin zuckte mit den Schultern. »Fliegen, würde ich sagen. Hat ja wohl keinen Zweck zu laufen, oder?«

»Und wohin?«

Er zuckte wieder die Achseln. »Nach Norden, würd ich sagen.«

Sie rückten enger zusammen, als sie den schmalen Pfad betraten.

»Einfach so?«, sagte Tess. »Wir fliegen einfach nach Norden, in einen Schneesturm? Ohne Vorbereitung, ohne jeden Plan?«

»Ohne jeden Plan«, sagte Kevin. »Ohne Kompass, ohne Landkarte. Und auf dem Weg gibt es keine Hotels, keine Zelte, keine Schlafsäcke.« Mit einem Mal gab er Tess einen freundlichen Stups, worauf sie seitlich in einen kleinen Schneeberg stolperte. Seine Nase war rot von den Schneeflocken, die ihm ins Gesicht bliesen, und er grinste sie an – wie ein Zirkusclown, dachte Tess. »Wir lassen alles hinter uns«, sagte er. »Keine Regeln, nicht mal Rattenregeln. Nur wir zwei und das hier alles.«

›Das hier alles‹ flößte Tess immer noch Angst ein, aber Kevins Augen leuchteten.

»Verschwende deine Angst nicht, Tess. Mach es wie die

Tiere und heb sie dir auf für den Moment, wenn du sie brauchst.«

Tess musste unwillkürlich lächeln und er lächelte zurück, so freundlich wie nie zuvor. »Tauben?«, fragte er.

Tess lachte und jetzt waren sie eindeutig Freunde, die ein gemeinsames Vorhaben verband.

»Tauben sind widerlich«, sagte sie. »Warum nicht ein Vogel, der größer und schneller ist? Wir können uns aussuchen, was wir wollen. In dem Schnee kann uns ohnehin keiner sehen.«

»Flamingos?«

»Adler?«

»Schwäne?«

»Störche?«

»Albatrosse!«

»Na klar! Albatrosse.« Und schon zwängten sie sich mühsam durch die Hecke und rannten mit tapsigen Schritten über die große Wiese auf der anderen Seite, dann erhoben sie sich mit gemächlichen, aber geschmeidigen Flügelschlägen in das weiße Herz des Schneesturms.

Ohne zu überlegen, ohne sich auch nur zu wundern, woher sie das wussten, neigten sie ihre Flügel und wandten sich nach Norden. Sie flogen hoch, um vor höheren Gebäuden, die plötzlich aus dem Schnee aufragen konnten, sicher zu sein. Dabei blieben sie nah beieinander, einer über dem anderen, um sich nicht aus den Augen zu verlieren. Ihre kräftigen Flügel fanden einen klaren Rhythmus, den sie unzählige Stunden beibehalten konnten, dennoch spürten sie bald die Nachteile ihrer Fortbewegungsart. Der Wind trieb ihnen den Schnee in die Augen, so dass sie kaum etwas sehen konnten, und in den heftigen

Böen wurden sie immer wieder herumgewirbelt, was das Zusammenbleiben erschwerte. Mehrmals verloren sie sich aus den Augen und mussten im Kreis fliegen und rufen, bevor sie sich wieder fanden. Sie konnten so weitermachen, aber das würde eine langwierige und mühevolle Reise werden.

Die beiden Vögel zogen rasch über die Vororte der Stadt – endlose Straßen mit Reihenhäusern – und folgten dann der Hauptverkehrsstraße zur Stadtmitte. Vielleicht war es ihr natürlicher Instinkt, Zuflucht auf dem Wasser zu suchen, vielleicht war es eine unbewusste Entscheidung ihres menschlichen Verstands, jedenfalls waren sie sich einig über ihr Ziel: Sie hielten auf den Fluss zu.

Als sie sich der Stadtmitte näherten und die Bebauung und der Verkehr dichter wurden, konnten Tess und Kevin einen kleinen Temperaturanstieg feststellen. In den Häusern wurde geheizt, die Autos verbrannten Treibstoff und ein Teil der Wärme stieg in die Luft. Der Schnee fühlte sich etwas weicher an. Er blieb nicht auf ihren Flügeln liegen, sondern glitt sofort ab und brannte auch nicht so in den Augen. Dennoch war es eine große Erleichterung, als schon bald das breite Band des Flusses vor ihnen in Sicht kam.

Tess flog unterhalb von Kevin voraus, doch sie behielt ihn die ganze Zeit im Blick. Plötzlich war da, wo er geflogen war, ein Schwirren und Flattern und dann war sie allein im Schneegewirbel. Sie schlug einen großen Bogen zurück und sah einen schwarzen Erpel mit grünem Kopf, der mit hastigem Flügelschlag auf sie zukam. Tess verstand. Wenn zwei Albatrosse mitten in Dublin auf dem Liffey wasserten, würde das mehr Aufsehen erregen, als ihnen lieb sein konnte. Bei dem anhaltenden kalten Wetter war der Fluss schon vor den Schneefällen zum Teil zugefroren, aber dank seiner Strömung war fast auf seiner ganzen Länge in der Mitte eine Rinne frei geblieben. Ein Passant wäre kaum überrascht gewesen, wenn er die zwei Enten beobachtet hätte, die auf dem Fluss landeten und sich eine Zeit lang mit der Strömung treiben ließen. Es hätte ihn hingegen sehr verwundert, wenn er sie nacheinander untertauchen und nicht wieder hochkommen gesehen hätte.

Hoch über dem Polareis flog Lieutenant Andy ›Scud‹ Morgan einen mit Raketen voll bestückten Mittelstreckenbomber. Die amerikanische Regierung hatte sich das Flugzeug von der pakistanischen Luftwaffe ausgeliehen, die es ihrerseits neun Monate zuvor von einem amerikanischen Flugzeughersteller gekauft hatte. Morgan vergewisserte sich, dass der Funkkontakt abgestellt war, dann sagte er: »Wenigstens stinkt es nicht nach Curry.«

»Hmm?«, machte sein Co-Pilot Mark Hadders, der hinter ihm saß. »Keine Girlanden um die Armaturen, keine Räucherstäbchen unter den Sitzen.«

»Hmm?«, machte Hadders wieder. Er reinigte sich gerade die Fingernägel mit einem Zahn, den er aus einem Taschenkamm herausgebrochen hatte. An dem Kamm waren noch ungefähr zwölf Zähne übrig. Scud Morgan verabscheute niemanden auf der Welt so sehr wie Mark Hadders. Er verabscheute Mark Hadders mehr noch als die Russen und die Iraker, ja, sogar mehr als die Kubaner. Mark Hadders war ein Vollidiot. Scud hatte keine Ahnung, woher Hadders den Spitznamen ›Kürbis‹ hatte, aber er konnte es sich denken. Der einzige Teil von Hadders Grips, der überhaupt funktionierte, war der, mit dem er das Flugzeug bediente. Der Rest war vollständig verkümmert.

Aber mit irgendjemand musste Morgan ja reden. »Die haben das Flugzeug offenbar nicht eingesetzt, um ihre Obdachlosen von der Straße wegzuputzen«, sagte er lauter als nötig.

»Warum sollten sie?«, sagte Hadders. »Das tun wir doch auch nicht. Außerdem, glaube ich, sind die meisten Menschen in Pakistan Moslems. Die machen das gar nicht, mit den Girlanden und den Räucherstäbchen.«

»Mann, ist der blöde«, murmelte Morgan.

»Was?«

»Ich hab gesagt: ›Mann, ganz schön öde‹. Das da unten.« Er deutete auf den Boden des Cockpits zwischen seinen Füßen. Sie flogen im Sonnenschein oberhalb des Schneesturms. Unter ihnen lag eine geschlossene Wolkendecke, die sich über eine unendliche Weite erstreckte.

»Gibt's was Neues auf dem Radarschirm, Jake?«, fragte Morgan. Der Techniker saß weiter hinten in der Maschine und döste über den speziell eingebauten Überwachungsgeräten. »'n paar Flugzeuge«, sagte er, »weiter nichts.«

»Unsere oder feindliche?« Morgan erhielt keine Antwort, deswegen fuhr er fort: »Ha ha. Unsere oder feindliche. War'n Witz.«

Immer noch keine Antwort. Hadders hatte alle seine Nägel gesäubert und nahm sich eins der dummen Bücher vor, die er in demselben Tempo las wie andere Leute Comics. Morgan hatte mal in eins reingesehen, aber er konnte nichts damit anfangen.

Dieses war von einer Engländerin geschrieben, die seit hundert Jahren tot war. Und ihr Gehirn seit mindestens hundertfünfzig!

»Die glauben, wir spinnen«, sagte er.

Hadders seufzte und legte das Buch auf die Knie. »Wer, Andy?«

»Die Pakistaner, die Israelis, alle, die sich dumm und dämlich daran verdienen, weil sie uns ihre Flugzeuge ausleihen, die wir ihnen verkauft haben.«

»Das glaube ich nicht, Andy.«

»Na, aber totsicher. Und Recht haben sie, oder? Jetzt haben wir Tag und Nacht eintausendsechshundert Flugzeuge in der Luft, die umeinander rumschwirren wie ein Schwarm Moskitos, und wogegen kämpfen wir? Gegen einen Schneesturm!«

»Mach dir nichts draus, Andy. Wir schaden keinem. Sollen sie doch denken, was sie wollen.«

Er nahm wieder sein Buch.

»Aber ich bin nicht ausgebildet worden, um keinem zu schaden!«, sagte Morgan. »Ich bin nicht ausgebildet worden, um acht Stunden am Tag so zu tun, als wäre ich ein Wettersatellit!«

»Hör auf«, sagte Hadders. »Guck dich doch mal um, Andy. Die Sonne scheint, der Himmel ist klar und blau. Wenigstens stecken wir nicht mittendrin und müssen Schneebrillen tragen und mit Eisbären kämpfen.«

»Immer noch besser als das hier«, sagte Morgan. »Hier rumfliegen und sich den Arsch wund sitzen, mit einem Wahnsinnigen, der die ganze Zeit liest ... Wie nennst du das überhaupt, was du da liest?«

»Literatur«, sagte Hadders.

»Verdammt, das ist keine Literatur!«, sagte Morgan. »Literatur ist das, was sie dir mitgeben, wenn du nicht genau weißt, welche Hi-Fi-Anlage du kaufen sollst. Davon hab ich ganze Stapel zu Hause.«

Hadders hörte nicht mehr zu. Er hatte sich wieder in seinen Roman vertieft.

»Gibt's was Neues, Jake?«, fragte Morgan.

»'n paar Flugzeuge«, sagte Jake.

16

Es ist unbestritten, dass eine Ziege ein Ausbund an Spaß und Übermut ist, doch der Ausdruck der reinen Lebensfreude findet sich in einer anderen Gattung. Zwei ihrer Exemplare schwommen jetzt zügig den Liffey hinunter und blieben, außer wenn sie zum Luftholen auftauchen mussten, tief unter der Wasseroberfläche.

Es gibt Meerestiere, die ebenso schnell sind wie Delfine, aber keine, die ihre Schnelligkeit so sehr genießen. Und es gibt andere Meerestiere, die in Gruppen zusammenleben, aber keine, die so viel Vergnügen an der Gesellschaft ihrer Artgenossen haben. Und weder im Meer noch an Land gibt es Tiere, die sich so sehr ihres Lebens erfreuen.

Tess und Kevin schwammen flussabwärts und ließen sich von den stärksten Strömungen vorantreiben. Sie blieben nah beieinander, umschwammen Brückenpfeiler und machten gelegentlich kleine Abstecher, um sich interessante Wrackteile im Flussbett anzusehen. Sie entdeckten Kinderwagen, Fahrräder, Einkaufswagen, auch versunkene Boote und Autos, und einmal kamen sie an einem Bus vorbei, dessen mit Schlamm überzogene Seitenfenster blind gen Oberfläche gerichtet waren.

Wenn Tess jetzt zu wählen hätte, würde sie sich nicht mehr in eine Katze verwandeln. Nichts war mit dem Leben eines Delfins vergleichbar. Ihre Wahrnehmung war scharf, ihre Intuition genau und zuverlässig, und ihr Körper bewegte sich kraftvoll und geschmeidig mit der Strömung. Wenn Zeit dazu gewesen wäre, wäre sie aus dem Wasser gestiegen, hätte sich auf ihre Schwanzflosse gestellt und die Fußgänger auf der O'Connell-Brücke und am Flussufer angelacht. Nicht um Aufmerksamkeit und Beifall zu erheischen, sondern weil man Freude, mehr als alles andere auf der Welt, mit anderen teilen muss.

Weit entfernt, zwischen Norwegen und Island glitt der Groke, der ihnen am nächsten war, auf der ständig größer werdenden Eisfläche gen Süden. Er kannte keine Delfine und keine Freude. Er kannte nur die Kälte und einen maßlosen, unerbittlichen Hunger.

Aus der Luft konnte man die Groken nicht erkennen. Sie waren rund und flach und ihre Form entsprach ungefähr der einer umgedrehten Untertasse, aber sie waren so groß, dass ein Einziger von ihnen eine Stadt mittlerer Größe vollständig unter sich begraben konnte. Da sie sehr viel kälter waren als die Luft, schmolz der Schnee auf ihnen nicht, sondern bedeckte sie wie mit einem Tarnkleid. Sie passten sich so perfekt den Schneefeldern ihrer Umgebung an, dass sie selbst dann nicht zu sehen waren, wenn sie sich bewegten, es sei denn, man befand sich unmittelbar vor ihnen.

In diesem Fall war man allerdings in höchster Gefahr. Denn wenn die Groken erst einmal ihren eisigen Vormarsch begonnen hatten, machten sie vor nichts Halt. Sie glitten über den Teppich aus Eis, den sie um sich herum mit ihrem kalten Atem schufen, und fraßen auf ihrem Weg alles Tierische und Pflanzliche, was sie über oder unter dem Schnee fanden. Bäume, Steine, Häuser mitsamt dem Eis und Schnee, die sie bedeckten, wanderten in den großen Schlund eines Groken und wurden von seinen enormen inneren Organen zermalmt und verdaut. Es behielt das, was ihm nützte, und schied den Rest als pulverartige Mischung aus Eis und Stein wieder aus. Und je mehr ein Groke fraß, desto größer und kälter wurde er.

Der einzige Feind des Groken war die Wärme. Selbst ein kleines Tier, dem es irgendwie gelungen war, in einem Schneeloch Kälte und Frost zu überleben, konnte eine heftige Reaktion in dem über ihn dahingleitenden Groken auslösen und Verdauungsstörungen in ihm verursachen. So hatte die von einer Bohrstation ausgehende Wärme den Groken, der in ihre Nähe geraten war, dermaßen erzürnt, dass er mehrere Tage lang bebte und zitterte, bevor er sich wieder erholt hatte und seinen Weg fortsetzen konnte.

So etwas kam jedoch eher selten vor, denn die Ankunft der Groken kündigte sich rechtzeitig durch Eisstürme an, und alle Warmblüter, die vor der Kälte nicht fliehen konnten, waren normalerweise längst erfroren, wenn die Groken ankamen.

An der Mündung des Liffey bogen Tess und Kevin nach Osten in die Irische See und setzten ihren Weg in nördlicher Richtung entlang der Küste fort. Obwohl es dort wärmer war als im offenen Meer, wurde ihnen bald klar, dass sie mehr Kälteschutz brauchten, um in den vor ihnen liegenden kalten Gewässern bestehen zu können. Für die lange Reise gab es nur eine Möglichkeit, und so ungern sie die Gestalt des Delfins verließen, blieb ihnen doch nichts anderes übrig.

Die Ozeane existieren, wie jeder Seemann bestätigen kann, außerhalb der Zeitrechnung, die an Land gilt. Hätte jemand Tess gefragt, wie lange ihre Reise durch die Irische See zum Nordmeer gedauert hatte, hätte sie nicht antworten können. Wie lange dauert eine Stunde? Eine Stunde bei den Hausarbeiten oder eine Stunde auf der Kirmes oder eine Stunde, wenn man krank im Bett liegt und nicht zu den Freunden raus kann? Wie lange dauert eine Stunde für einen Wal? Während der gesamten Strecke, die sie unter den Wellen zurücklegten, war die Zeit bedeutungslos, hatte ebenso wenig einen Wert wie eine Geldmünze für einen Frosch.

Tess' Verstand ging ganz und gar in der enormen Intelligenz des Wals auf, und sie hatte alle Mühe, sich nicht vom Zweck ihrer Reise ablenken zu lassen. Wale wissen alles über die Weltmeere mit ihren unterschiedlichen Strömungen und Temperaturen und Stimmungen, jedoch nicht so, wie Menschen einen Ort kennen, an dem sie mal waren. Wale kennen die Meere, wie man sein eigenes Haus und seinen Garten kennt – man braucht nicht darüber nachzudenken. Doch darüber hinaus wissen sie, was an jeder Stelle in diesem ihrem riesigen Zuhause passiert, auch wenn es weit weg ist, denn die Stimmen der Wale legen große Entfernungen zurück und ihre Gedanken noch größere.

An diese Dinge hätte sich Tess hinterher vielleicht erinnert, doch das war nur der dürftige, äußerste Rand der Wahrheit, so wie Worte sich nur am Rand von Träumen entlangtasten, nicht aber ihre ganze lebendige Tiefe erfassen können. Ein Mensch mit seinem begrenzten Verstand kann die unermessliche Weite dieser Welt nicht begreifen, und das Wissen ging Tess für alle Zeit verloren, als sie den Ozean verlassen mussten. Doch eins vergaß Tess nie, und das war der Stolz der Wale. Denn die Wale kennen die Meere von einem Ende zum anderen und von oben bis unten, und das heißt, sie wissen auch, wo die Walfänger mit ihren Booten liegen. Nicht aus Dummheit sind Wale leichte Beute für die Jäger, sondern aufgrund ihres Wissens. Ihnen gehören die Meere und es ist besser zu sterben, als sich auch nur eine Handbreit in die Nähe der gehetzten Lebensweise eines Gejagten zu begeben.

Groken bewegen sich in einem beachtlichen Tempo, wenn sie aufwachen. Die Polarregionen können das Vorankommen der Groken durch nichts behindern, weil sie selbst dann unter deren Einfluss stehen, wenn die Groken schlafen. Es sind ohnehin schon Kälteregionen, und die Groken brauchen sie nur wieder in Besitz zu nehmen.

Auf dem Weg in Richtung Äquator verringerte sich ihr Tempo jedoch, weil sie da mit der Sonne in Berührung kamen. Als die Groken den fünfundsechzigsten Breitengrad erreicht hatten – er führt mitten durch Norwegen und Schweden, durch Sibirien, Alaska und Nordkanada –, wurden sie schon auffallend langsamer. Ihre Schneestürme waren ihnen viele hundert Meilen voraus, würden sich aber auch langsamer ausbreiten, wenn sie sich Südeuropa und den USA näherten.

Im Nordmeer hatten es die Groken besonders schwer. Das Packeis hatten sie längst hinter sich gelassen, und nun mussten sie das Meer vor sich mit enormen Anstrengungen zufrieren lassen. Außerdem konnten sie ihren Hunger nicht stillen, da die Meerestiere weit unter der Eisoberfläche blieben. Alle Groken sind gefährlich, aber ein hungriger Groke ist bei weitem der gefährlichste.

17

Als Tess und Kevin die Ausläufer der frischen Eisdecke erreichten, die jetzt zwischen Island und Norwegen verlief, verabschiedeten sie sich von der Welt der Wale und verwandelten sich in Seelöwen, damit sie sich auf dem Eis fortbewegen konnten.

Trotz ihrer schützenden Fettschicht war die Kälte wie ein Schock. Es schneite immer noch, aber hier waren es nicht die großen weichen Flocken, die sich auf Dublin gesenkt hatten, sondern kleine feste, als wäre die Luft selbst zu Eis geworden. Die Wassertropfen froren sofort an ihren Schnurrbarthaaren fest, als sie aus dem Meer stiegen, und die Kälte brannte in ihren Augen und Nasenlöchern.

Tess war neben Kevin. Beide blinzelten in die wirbelnden Flocken und wussten nicht so recht, was sie tun sollten. Tess wurde klar, dass sie nur zwei Möglichkeiten hatten: Weitermachen oder umkehren.

Schließlich war es Kevin, der eine Entscheidung traf. Er rieb seine Nase kurz an ihrer und setzte sich in Bewegung. Tess folgte ihm.

Aber Seelöwen sind an Land schwerfällig und unglücklich. Zwar wurde ihnen bei der Anstrengung warm, doch kamen sie kaum voran. Nach einer Weile hielten sie an und ruhten sich aus und gleich biss die Kälte wieder zu. Also machten sie sich wieder auf den Weg, nun aber in der Gestalt von Eisbären. Tess war von zwiespältigen Gefühlen hin- und hergerissen. Einerseits wollte sie umkehren, wieder in die sichere Welt der Wale und Delfine eintauchen und nach Hause zurückschwimmen, andererseits hatte sie Angst, in dieser unheimlichen weißen Schneewüste von Kevin getrennt zu werden. Sie wusste, dass ihn nichts zum Aufgeben bewegen konnte, obwohl ihr seine Empfindungen, die sie am Anfang so gut verstanden hatte, inzwischen unbegreiflich waren. Sie fühlte sich auf schreckliche Weise gefangen in seinem Leben, in seiner Suche nach dem Unfassbaren, das sie nicht verstand und auch nicht verstehen wollte. Es erfüllte sie mit einem Gefühl der Hilflosigkeit und Minderwertigkeit, und ihr blieb nichts anderes übrig, als hinter ihm her zu traben und sich mit allem abzufinden, was geschah.

Und so weit sie sehen konnte, würde nur eines geschehen. Sie würden so lange in Schnee und Eis umherwandern, bis sie völlig erschöpft waren und den Kältetod starben. Sie überlegte, wie es wohl den anderen arktischen Lebewesen ergangen war, den Eisbären und den Polarfüchsen mit ihrem silbrigen Fell, und sie hoffte, dass wenigstens einige von ihnen vor den Schneestürmen hatten fliehen können. Sie erschauderte und schüttelte sich den verharschten Schnee vom Fell. Ihr Fell war zwar dick, aber nicht dick genug, um sie noch lange vor der eisigen Kälte zu schützen.

Kevin marschierte schweigsam und entschlossen voran, aber jetzt, da sie sich von der Küste entfernten, wurde der Schnee tiefer und pulvriger und sie kamen nur mühsam voran. Die beißend kalte Luft brannte Tess in den Augen und Lungen. Sie ließ den Kopf sinken. Weiße Bären in weißem Schnee und weißer Luft. Nur hin und wieder, wenn Kevin sich umdrehte, um sich zu vergewissern, ob sie ihm noch folgte, sah sie seine schwarze Nase und die schwarzen Augen.

Fast war es eine Erleichterung, als es dunkel wurde. Tess war vor Kälte und Erschöpfung ganz abgestumpft und sehnte sich danach auszuruhen, wo und wie auch immer.

Kevin blieb stehen. Vor ihnen erhob sich ein Eisberg, der von den Schneemassen, die die Groken vor sich herschieben, eingeschlossen worden war. An manchen Stellen fiel er so schroff ab, dass kein Schnee liegen bleiben konnte und das Eis dunkel und schimmernd, wie Kristall, zu sehen war. Für Tess schien es ein Hindernis, für Kevin war es eine Erlösung, denn am Fuß des Berges hatten sich breite Schneewehen gebildet. Er begann zu graben.

Mitten in der Nacht wachte Tess auf. Es war völlig dunkel in dem Schneeloch. Wenn draußen Mondschein oder Sternenlicht durch die Wolken drangen, so fiel doch kein Strahl durch den Tunnel in die winzige Höhle, die sie sich gegraben hatten. Es war wunderbar warm dort, weil ihre fellbedeckten Körper die Luft erwärmt hatten. Tess hätte sich gern ausgestreckt, aber der Platz reichte gerade, um zusammengerollt zu liegen, weil sie so nur so viel Luft wie nötig zu erwärmen brauchten. Sie gähnte und drehte sich zu Kevin um. Da fiel ihr wieder ein, warum sie aufgewacht war. Es war schon wer weiß wie lange her, seit sie zuletzt mit Kevin gesprochen hatte, und das wollte sie jetzt tun, bevor es Tag wurde und sie wieder aufbrechen mussten. Sie wechselte und bekam es sofort mit der Angst zu tun, weil sie in kompletter Finsternis neben einem großen Bären lag. Sie konnte das Bärenfell und den Bärenatem riechen, und bevor ihre Angst noch größer wurde, zupfte sie Kevin an seinem dicken, warmen Fell.

Er schreckte auf, wurde stocksteif, und dann wurde das Fell unter ihren Fingern plötzlich zu feuchtem Stoff.

»Mensch, Tess! Mach das bloß nicht nochmal!«

»Was? Was ist denn los?«

»Ich war ein Bär, du Idiot, und du hast mich aufgeweckt. Ich hätte dir beinahe die Kehle durchgebissen.«

»Oh!«

»Erst im letzten Moment ist es mir eingefallen.«

»Entschuldige«, sagte Tess.

Kevin sagte nichts und drehte sich in der Enge mühsam auf den Rücken. Tess befürchtete, ihr würden die Tränen kommen, und als ob er das bemerkt hätte, legte er ihr die Hand auf den Arm.

»Ist schon gut«, sagte er. »Ich hätte dich nicht so anbrüllen sollen. Entschuldige bitte.«

Auch Tess drehte sich auf den Rücken, so dass ihre und seine Schultern ganz eng aneinander gepresst waren. Eine Zeit lang lagen sie schweigend da und atmeten die warme, stickige Luft. In Tess' Kopf ging alles drunter und drüber. Sie wusste, es war am vernünftigsten, umzukehren und nach Hause zu gehen, aber das konnte sie Kevin nicht sagen. Es wäre wie ein Verrat gewesen, nachdem sie so weit gekommen waren. Und wenn sie nicht umkehrten, was sollte sie ihm dann sagen, wenn es vielleicht das letzte Gespräch war, das sie je miteinander führen würden? Das Schneeloch hatte plötzlich etwas von einer Todeszelle. Und trotz allem, was sie gemeinsam erlebt hatten, schien Kevin wieder wie ein Fremder, der seinen eigenen Gedanken nachhing. Aber er sprach als Erster.

»Was sie wohl gemeint hat, Tess?«

»Wer? Lizzie?«

»Ja. Mit dem, was nicht ist.«

»Ich weiß nicht.«

»Aber was könnte sie gemeint haben? Es muss wichtig gewesen sein, sonst hätte sie es nicht gesagt.«

»Ich weiß nicht, ob das logisch ist«, sagte Tess. »Lizzie hat eine Menge unwichtiges Zeug erzählt.«

»Ach, jetzt komm, Tess. Du willst doch jetzt nicht alles hinschmeißen, oder? Doch nicht jetzt!«

»Vielleicht doch. Vielleicht ist das unsere einzige und letzte Chance.« Sie dachte, er wäre sauer, aber seine Antwort war erstaunlich ruhig.

»Nein, dafür ist es zu spät. Wir sind bis hierher gekommen, weil wir das, was Lizzie erzählt hat, geglaubt haben. Es wäre verrückt, jetzt aufzugeben, wo wir doch gerade zum Herzen der Sache vordringen.«

»Zu was für einem Herzen?«

Kevin zuckte mit den Schultern, und da sie so gequetscht lagen, hoben sich Tess' Schultern mit seinen. In einer anderen Situation hätte sie wahrscheinlich gelacht, aber im Moment schien das Lachen zu einem anderen Leben zu gehören.

»Dem Herzen von dem, was wir sind, nehm ich an«, sagte Kevin, »wo es um Überleben, Freiheit und Unabhängigkeit geht.« Er seufzte. »Aber ich weiß nicht, wie es weitergehen soll. Ich hab das Gefühl, mein Kopf ist völlig vernagelt. Immer, wenn ich über etwas nachdenken will, was ein bisschen anders ist oder was nicht ist, kommen mir wieder dieselben Dinge in den Sinn. Irgendwie trete ich auf der Stelle.«

»Ich finde, wir haben uns ganz tapfer geschlagen«, sagte Tess, »und meistens waren es deine Ideen. Die Delfine, die Seelöwen und die Eisbären und jetzt dieses Schneeloch.«

»Ja gut, aber das sind praktische Dinge. Das sind alles Dinge, die es gibt, und nicht welche, die es nicht gibt. Und die Eisbären bringen uns jetzt auch nicht weiter. Da draußen halten wir es nicht mehr viel länger aus, aber wir können uns auch nicht ewig in einem Loch verstecken. Wir brauchen was anderes. Wir müssen unsere Phantasie benutzen.«

Er schwieg wieder. Tess bemerkte, wie ihre Augen in der Dunkelheit umherirrten und etwas suchten, woran sie sich festhalten konnten. Sie machte sie zu und musste einen Moment lang eingenickt sein, denn Kevins Stimme weckte sie aus einem Traum.

»Hast du deine Uhr an?«

Etwas in dem Traum schien wichtig gewesen zu sein, aber als sie es festhalten wollte, entglitt es ihr. Es war sowieso alles voller Schnee gewesen, uralt und endlos. Sie befühlte ihr Handgelenk. »Hab ich.«

»Ist es eine mit Datumanzeige?«

Tess las die Zeit ab. »Halb acht«, sagte sie, »aber wir sind hier bestimmt in einer anderen Zeitzone. Und das Datum kann ich nicht lesen, es hat keine Leuchtziffern. Warum willst du überhaupt wissen, welcher Tag heute ist?«

»Ach, ich wollte nur wissen, wann ich Geburtstag habe. Es muss ja bald so weit sein.«

»An welchem Tag hast du denn Geburtstag?«

»Am dreißigsten. Kann nicht mehr lange dauern.«

Plötzlich verstand Tess, warum er fragte. Sie stellte sich vor, wie Kevin seine Fähigkeit zu switchen verlor und nicht mehr aus dieser Schneewüste wegkam. In seinem dummen Parka würde er in kürzester Zeit erfrieren. Er hatte nicht einmal Handschuhe. Und wenn es auf dem Rückweg passierte, wäre es genauso gefährlich. Er konnte zu dem Zeitpunkt im Meer sein oder hoch in der Luft. Das Datum war absolut lebenswichtig für ihn.

»Hast du keine Streichhölzer?«, fragte sie.

»Gute Idee«, sagte Kevin und wühlte in seiner Tasche.

Als das erste Streichholz aufbrannte, blendete es sie so sehr, dass sie das Datum nicht sehen konnten. Beim zweiten hielt Tess die Uhr ganz nah an die Flamme.

»Der achtundzwanzigste«, sagte sie.

Kurz bevor die Flamme erlosch, sah sie Kevins bestürzten Gesichtsausdruck. Ihre Situation schien noch ausweglöser als vorher, wenn das überhaupt möglich war. Aber Kevin sagte: »Macht auch nichts.«

»Macht nichts?«

»Ich dachte nur, wir könnten vielleicht ein kleines Fest feiern. Aber das müssen wir wohl sausen lassen.«

»Ein Fest? Bist du verrückt geworden?«

»Nein, anscheinend gehört das dazu. Das Mädchen, das mich eingeweiht hat, hat damals eine Party gegeben. Ich kannte sie nicht besonders gut. Sie war ganz anders als du. Aber sie hat mich zu ihrer Party eingeladen und ich bin hingegangen. Das war am Tag vor ihrem fünfzehnten Geburtstag.«

»Warum am Tag davor?«

Kevin lachte. »Man kann ja keine Party geben, wenn man ein Adler ist, oder?«

»Ein Adler?«

»Genau. Discos und Motorräder, das war so ihr Ding. Adler war genau das Richtige für sie.«

»Du meinst … du meinst, man kann es sich aussuchen?«

»Natürlich!«, sagte Kevin. »Wusstest du das nicht? Das, was du an deinem Geburtstag bist, das bleibst du auch. Danach kannst du nicht mehr switchen. Aber es gibt keine Regel, die sagt, dass du als Mensch weiterleben musst.«

Tess starrte in die Dunkelheit und versuchte sich an den Gedanken zu gewöhnen.

»Ich überlege seit Monaten«, fuhr Kevin fort. »Ganz schön komisch, oder? Seit Monaten versuche ich mich zu entscheiden, ob ich Ratte oder Mäusebussard oder Otter sein möchte, und jetzt sieht es so aus, als hätte ich gar keine Wahl. Jetzt muss ich einfach das sein, was überhaupt noch möglich ist.«

»Nein, Kevin«, sagte Tess. »Wir könnten es doch zurück schaffen.«

»Wie denn?«

»Irgendwie. Weiß ich noch nicht.«

»Ich glaube das nicht. Aber ich hab keine Angst. Ich weiß nicht wieso, aber seit Lizzie gesagt hat, wir hätten mehr Macht, als wir ahnen, spüre ich so ein Vertrauen. Irgendwie hab ich keine Angst davor. Es scheint nicht so wichtig zu sein.«

»Aber du kannst nicht einfach als Eisbär oder Walross weiterleben. Du bist ein Mensch, Kevin, du musst als Mensch leben!«

Er lachte wieder und Tess war zutiefst verzweifelt.

»Warum muss ich?«

Das konnte sie ihm nicht erklären. Sie konnte ihm jetzt nicht sagen, dass sie ihn neu einkleiden und mit ihm in ein französisches Restaurant gehen wollte oder dass sie sich immer freuen würde, wenn er an der Bushaltestelle auf sie wartete. Selbst wenn ihr Stolz es zugelassen hätte, ihm das zu sagen – hier, wo die arktischen Winde um sie herumfegten, wäre es im Moment bedeutungslos gewesen.

»Ich habe als Mensch nie viel getaugt«, sagte er. »Auch nicht in meiner Familie. Auch nicht, bevor ich wusste, dass ich wechseln kann.«

»Warum nicht?«

»Keine Ahnung. Ich pass da einfach nicht rein. Mein Bruder, der schon. Der ist älter als ich und immer prima mit allen klar gekommen. Mein Vater ist Werkzeugmacher und arbeitet viel zu Hause. Macht Sachen auf Bestellung. Mein Bruder war immer mit ihm zusammen in der Werkstatt und hat ihm geholfen. Aber mich hat das nicht interessiert. Ich habe auch dauernd Fehler gemacht, selbst wenn ich mir richtig Mühe gegeben hab.«

»Na und? Das macht doch nichts.«

»Und ob das was macht. Es hat nämlich gezeigt, wie wenig ich zu den Männern in meiner Familie passe. Und meine Mutter …« Er brach ab.

»Was ist mit deiner Mutter?«

»Ich weiß nicht, wie ich das erklären soll. Sie war immer da, immer. Sie war immer zu Hause, wenn ich aus der Schule kam, und sie hat all das gemacht, was Mütter so machen. Aber irgendwie war sie auch nicht da. Sie war nicht für mich da. Ihre Gedanken waren immer woanders. Bei dem, was sie gerade machte, ober bei der Sendung im Radio, die sie hören wollte, oder bei den Dingen, die ganz tief in ihr drinnen steckten.« Tess spürte, wie es plötzlich kalt in der Schneehöhle wurde. Die Kälte schien sich von unten her auszubreiten, und sie drehte sich auf die Seite, um das unangenehme Gefühl im Rücken loszuwerden.

»Wenn ich jetzt daran denke«, fuhr Kevin fort, »verstehe ich es. Sie konnte es einfach nicht – ich weiß nicht, wie ich es beschreiben soll – sich anderen zuwenden oder so. Sie kann nichts dafür. Aber damals hab ich immer gedacht, es wäre meine Schuld und ich wäre es nicht wert, dass man sich mit mir abgibt. Aber dann wurde ich wütend, und das hat funktioniert. Wenn ich einen Wutanfall bekam, hat sie sich um mich gekümmert. Ungefähr um die Zeit habe ich entdeckt, dass ich mich in eine Ratte verwandeln konnte. Es hat Ewigkeiten gedauert, bis ich merkte, dass ich auch andere Tiere sein konnte. Damals bin ich morgens zuerst zur Schule gegangen und habe dann den Tag mit anderen jungen Ratten verbracht, und obwohl meine Eltern von meinem Schwänzen wussten, konnten sie nichts dagegen tun. Wenn sie mich zur Schule brachten, bin ich in der Pause abgehauen. Die anderen Kinder mochten mich nicht, weil ich anders war, und ich mochte sie nicht, weil sie nicht anders waren.«

»Das Gefühl kenne ich«, sagte Tess.

»Ja, und nach einer Weile bin ich nicht mehr nach Hause gegangen. Wenn ich zwischendurch doch mal aufkreuzte, haben sie sich jedes Mal furchtbar aufgeregt und von Sonderschule und Internat für schwer Erziehbare geredet, deswegen hab ich gedacht, ich geh besser gar nicht mehr nach Hause.

»Hast du danach nie wieder als Mensch gelebt?«

»Doch, natürlich. Zu den Geburtstagen und zu Weihnachten bin ich immer gekommen. Nach einer Weile haben sie es einfach akzeptiert und aufgehört, mir Fragen zu stellen. Und ich hab dir ja erzählt, ich bin … war oft in der Bücherei. Manchmal hab ich da jemanden kennen gelernt und mich eine Weile mit denen rumgetrieben, aber richtige Freunde hatte ich nie. Erst als …«

»Erst als was?«

»Mann, ist ja ganz schön kalt hier, findest du nicht?«

»Ja. Als Bären hatten wir es wärmer. Was wolltest du gerade sagen?«

»Ach, ist doch egal.«

Tess stützte den Kopf in die Armbeuge. Ihr war auch kalt und sie war ziemlich schläfrig. Sie wusste, wie gefährlich das war. Sie hatte in einem Buch gelesen, dass die Kälte einen müde macht und dass man, wenn man einmal einschläft, nie mehr aufwacht. Eine Zeit lang wehrte sie sich gegen den Schlaf und lauschte auf Kevins regelmäßigen Atem in der Dunkelheit. Wenn sie jetzt beide einschliefen? Man würde sie nie finden. Wenn es wieder wärmer würde und der Schnee zu schmelzen begann, würden ihre Leichen ins Meer gleiten und für immer verschwinden. Der Gedanke an das unendlich tiefe Wasser unter ihnen machte ihr Angst und gleichzeitig war sie merkwürdig ruhig. Sie waren so klein inmitten dieser Landschaft aus Luft, Wasser und Eis und hunderte von Kilometern war nichts anderes um sie herum. Plötzlich hörte sie auf, sich zu wehren. Sie ließ ihre Gedanken wandern, wohin sie wollten, und empfand dabei einen tiefen, tiefen Trost.

Da erinnerte sie sich wieder an die Szene aus ihrem Traum von vorhin. Es war eine Landschaft, die so ähnlich aussah wie die draußen außerhalb der Schneehöhle, aber etwas bewegte sich darin, eine Art Tier. Und plötzlich war Tess hellwach.

»Kevin!«

Er schrak auf, so eindringlich hatte ihre Stimme geklungen, und sie wusste, auch er war eingedöst. »Was ist?«

»Ich hab's. Ich weiß jetzt, was sie meinte mit dem, was nicht ist.«

»Wirklich?«

»Ja. Es ist ganz einfach. Warum sind wir da nicht eher drauf gekommen?« Tess schüttelte die Schläfrigkeit ab und setzte sich auf, so dass ihr Kopf unter der Decke eingeklemmt war. »Lizzie hat Recht. Wir sind gefangen in dem, was wir kennen, und machen nur das nach, was um uns herum schon existiert. Aber was ist mit den Lebewesen, die es mal gegeben hat und die heute ausgestorben sind?«

Kevin hielt den Atem an und Tess spürte seine Erregung. »Ja, und?«, sagte er.

»Na ja, was, wenn es wirklich eine Eiszeit gegeben hat? Damals hat es doch auch Tiere gegeben, oder?«

»Du meinst Dinosaurier?«

»Ja, nur die Dinosaurier haben nicht überlebt. Sie haben sich nicht angepasst. Aber andere Tiere haben sich angepasst.« Kevin stieß heftig den Atem aus. »Mammuts!«

»Genau! Ich hab sie gerade gesehen, Kevin, in einem Traum. Sie stapften durch den Schnee. Warum sollten wir das nicht tun? Ich weiß, wir könnten das. Wir wissen, wie sie aussahen, ich bin mir sicher, wir können ein Gefühl für sie entwickeln.«

»Ja, sicher kriegen wir das hin. Und es ist viel leichter als ein Wal.«

Es war alles gesagt, und sie schwiegen, erfüllt von neuer Hoffnung. Nach einer Weile sagte Tess: »Kevin?«

»Ja?«

»Wir sollten uns in Bären verwandeln, wenigstens bis zum Morgen. Es ist zu kalt so. Und gefährlich.«

»Du hast Recht«, sagte er, switchte aber nicht, und Tess hatte das Gefühl, er wartete auf etwas. »Schlaf nicht ein«, sagte sie.

»Nein. Tu ich nicht. Ich muss nur an was denken.«

»Woran?«

»Na ja, wenn ich ein Mammut bleiben muss. An meinem Geburtstag.« Tess schwieg und dachte nach und er fuhr fort: »Ich weiß, du kannst dann nichts für mich tun. Und ich würde dich auch nicht bitten, bei mir zu bleiben ... Aber vielleicht, ich weiß nicht, vielleicht könntest du mich im Auge behalten. Damit ich nicht ganz allein wäre.«

»Natürlich, Kevin. Ich würde alles tun. Ich würde bis ans Ende der Welt gehen, wenn es sein müsste.«

»Das weiß ich«, sagte er und dann lachte er. »Eigentlich hast du das schon getan, stimmt's?«

Aus Stolz musste Tess sich dagegen wehren. »Ich bin nicht nur deinetwegen hierher gekommen«, sagte sie.

»Das weiß ich«, sagte Kevin. »Aber trotzdem bist du der einzige Freund, den ich je gehabt habe.«

Bevor sie etwas erwidern konnte, war er wieder ein Bär, und mit einem Seufzer switchte auch sie.

18

Die beiden Mammuts bewegten sich langsam, aber stetig durch den Schnee. Ihr langes, zotteliges Fell bot einen hervorragenden Schutz gegen den Schneesturm, und die buschigen Augenbrauen und Haarbüschel um die Nasenlöcher milderten die Wirkung der eisigen Luft. Ihr Fell war so dicht, dass sie kaum etwas an Körperwärme verloren. Der Schnee blieb auf ihren Rücken liegen und bildete eine weitere schützende Schicht. Außerdem funktionierte er wie ein Schild gegen die infraroten Suchstrahlen der Flugzeuge, die über sie hinwegflogen.

»Gibt's was Neues, Jake?«

»Ne, nix.«

Im Moment flogen sie sehr tief, genau durch das Herz des Schneesturms. Es bestand so gut wie keine Gefahr, dass ihnen in der Luft etwas begegnete. Die herausragenden Punkte im Packeis waren auf den Karten eingezeichnet, und ihr Radar würde sie rechtzeitig warnen, wenn etwas ihre Flugbahn kreuzte. Trotzdem machte es Scud nervös, völlig blind zu fliegen.

»Ist das Frachtflugzeug verschwunden?«

»Welches Frachtflugzeug?«

»Du hast gesagt, da ist ein Frachtflugzeug.«

»Mensch«, sagte Jake, »das war vor einer Stunde. Das ist schon längst über Stockholm.«

»Sonst nichts?«

»Nein. Warte mal eben.«

»Was denn?«

Selbst Hadders ließ einen Moment lang das Buch sinken.

»Nichts. Die Infrarotstrahlen zeigen ein paar Tiere an. Ziemlich kleine. Ich weiß nicht, wie die da unten überleben können.«

»Arme Teufel«, sagte Hadders.

»Arme Teufel?«, empörte sich Scud. »Die nennst du arme Teufel? Und was ist mit uns?«

Hunger war die einzige Gefahr für Mammuts. Im Umkreis von vielen Meilen gab es keine Nahrung, auch nicht die karge arktische Vegetation, mit Hilfe derer sie in der Vergangenheit überlebt hatten. Ihre Fettreserven würden eine Weile lang reichen, aber wie lange, wussten sie nicht. Sie verbrauchten viel Energie, um die großen Körper warm zu halten, und noch mehr, um sich fortzubewegen.

Aber sie blieben in Bewegung. Tess und Kevin hatten einen weiteren Test bestanden. Im Gegensatz zu Tess hatte Kevin ein unerschütterliches Vertrauen bewiesen und die Umstände gaben ihm Recht. Die Mammuts waren zwar langsam, aber sie fühlten sich wohl, und sie kamen in gleichmäßigem Tempo nach Norden voran.

Die Stunden vergingen. Der menschliche Teil ihres Verstandes begehrte gegen die Eintönigkeit der Landschaft auf, aber die Mammuts hatten über Generationen Geduld gelernt und trotteten unermüdlich vor sich hin.

Der Groke spürte sie kommen, lange bevor sie ihn bemerkt hatten, und sein kleiner, schlichter Verstand geriet in Panik. Denn obwohl er kein großer Denker war, hatte er ein Gedächtnis so lang und alt wie sein Leben, und an Mammuts konnte er sich gut erinnern. Die Aussicht, diesen beiden zu begegnen, behagte ihm gar nicht.

Ein totes Mammut ist für einen Groken ein leckerer Happen, aber ein lebendiges Mammut stellt ihn vor ein großes Problem. Dieser Groke hatte einst einen Wal verschlungen, der im Eis eingeschlossen war, wo er keine Luft bekam und langsam verendete. Die enorm hohe Körpertemperatur des Wals hatte dem Groken ungeheuer zu schaffen gemacht. Nie vergaß er die entsetzliche Zeit danach, als ihm die Wärme auf dieselbe Weise zusetzte wie Menschen eine Infektion. Zwar waren zwei lebendige Mammuts nicht so schlimm wie ein toter Wal, aber sie würden sein Verdauungssystem trotzdem ziemlich durcheinander bringen, und es würde eine ganze Weile dauern, bis er sie verarbeitet hatte.

Normalerweise kam ein Groke gar nicht auf die Idee, ein Mammut zu fressen. Das war mit ein Grund dafür, warum die Mammuts die letzte Eiszeit überlebt hatten, als die Groken die Erde beherrschten. Normalerweise flachte der Groke einfach seine Ränder ab, so dass das Mammut ihn gar nicht bemerkte und seinen Weg quer über seinen Rücken fortsetzte, bis es ein paar Stunden später auf der anderen Seite ankam. Wenn dieser Groke nicht so hungrig gewesen wäre, hätte er die beiden Mammuts ziehen lassen. Aber er konnte sich einen solchen Imbiss nicht einfach entgehen lassen, auch wenn das Magenschmerzen zur Folge haben würde. Er lag still und wartete.

In ein paar Kilometer Entfernung war Scud Morgans Bomber in der Luft aufgetankt worden und hatte den Rückflug begonnen. In wenigen Stunden würde er nach Anweisungen des Kontrollturms auf einer vom Eis befreiten Landebahn irgendwo in England landen, und die Crew könnte ihr fliegendes Gefängnis verlassen.

Jake döste, Hadders las. Scud, der den Nervenkitzel liebte, flog so tief wie möglich über das Eis.

Tess und Kevin prallten nichtsahnend auf den wartenden Groken. Eben noch waren sie von nichts als unberührtem Schnee umgeben gewesen und jetzt erhob sich eine riesige Fläche vor ihnen. Voller Entsetzen starrten sie auf die schwarze Unterseite des Groken. Einen Augenblick dachte Tess, das Ende der Welt wäre gekommen und sie hätten das Nichts, einen riesigen Abgrund, vor sich. Dann sah sie ein Auge, ein einzelnes, enormes Auge, geleeartig und grün, das sie ohne zu blinzeln ansah.

Wenn Lizzie sich geirrt hätte, wäre dies das Ende der beiden Mammuts ebenso wie das von Tess und Kevin gewesen. Denn der Schurz des Groken wölbte sich jetzt genau über ihnen, und der breite, riesengroße Schlund öffnete sich, um seine Beute zu verschlingen. Doch wenn Lizzie sich nicht ganz sicher gewesen wäre, dann hätte sie die beiden jungen Switcher auch nicht ausgeschickt, ihre Kräfte mit denen der Groken zu messen. Aber Lizzie war sich sicher. Schneller, als sie denken konnte, wusste auch Tess, dass sie tatsächlich über eine Kraft verfügten, die ihre kühnsten Träume überstieg. Kevin hatte Recht gehabt: Wären sie nicht vor die äußerste Herausforderung gestellt worden, hätten sie nie erfahren, welche Möglichkeiten in ihnen schlummerten. Denn wäre Zeit zum Nachdenken gewesen, hätte Tess es niemals für möglich gehalten, was als Nächstes geschah. Der Schurz des Groken senkte sich auf sie nieder wie eine riesige Fliegenklatsche. Auch ein Vogel hätte sich nicht schnell genug in Sicherheit bringen können. Aber Tess switchte schneller als je zuvor im Leben, und plötzlich bäumte der Groke sich auf und zuckte zurück.

Denn in ihrem Herzen hatte Tess begriffen, was Lizzie gemeint hatte, als sie sagte: Manchmal ist es besser, an das zu denken, was nicht ist. Und Tess' Herz hatte gehandelt, bevor ihr Verstand sie daran hindern konnte. Vor dem Bauch des zurückweichenden Groken stand ein gewaltiger, prächtiger Drache, und dann waren es zwei, und sie spien Feuer auf das scheußliche Auge, bis es zusammenschrumpelte und zerschmolz und in den Schnee tropfte wie warmer Sirup. Der Groke bäumte sich auf, so hoch er konnte, bis er einen Kilometer in den Himmel ragte. Aber die Drachen breiteten ihre Flügel aus und verfolgten ihn, bis er zusammenbrach und nach hinten zusammenklappte wie ein monströser, schwarzer Pfannkuchen. Die beiden Drachen schossen im Freudentaumel durch die Lüfte. Sie waren schneller, klüger und mächtiger als alle anderen Lebewesen auf der Erde, und sie stießen herab und schwangen sich empor, sie jagten sich gegenseitig und purzelten vor lauter Vergnügen durch die Luft. Ihre Vorahnungen waren wahr geworden – sie erlebten eine Macht, die jenseits der menschlichen Vorstellungskraft lag, ein Gefühl der absoluten Freiheit. Sie waren in allen Elementen zu Hause. Sie konnten sich im Wasser, auf der Erde und in der Luft gleichermaßen bewegen, aber sie waren an keins dieser Elemente gebunden. In sich trugen sie das Geheimnis des Feuers und selbst die große Eiswüste um sie herum konnte sie nicht bekümmern. Sie beherrschten alles, was sie sahen, kein Geschöpf der Erde konnte sie bezwingen.

Mitten in ihrem Freudentanz hörten sie ein Flugzeug über sich in den Wolken. Zuerst hörten sie es, dann sahen sie es mit ihrer Infrarotsicht.

Und es sah sie. Der Scanner piepte und zeigte ein starkes Signal an. Jake richtete sich kerzengerade auf und starrte auf den Bildschirm.

»Gibt's was Neues, Jake?«, fragte Scud.

»Allmächtiger«, sagte Jake. »Was zum Teufel ist das?«

»Jake, was ist los? Hast du was entdeckt?« Hadders setzte sich aufrecht hin und drehte sich um.

»So was hab ich noch nie gesehen«, sagte Jake mit weit aufgerissenen Augen.

»Verdammt nochmal, was ist denn los, Jake?«, brüllte Scud.

Jake schaltete auf Militärton um und antwortete knapp und präzise: »Wir haben Hitzeflecken, Jungs. Zwei Stück. Ich weiß nicht, was sie sind oder wo sie herkommen, aber so was hab ich in meinem Leben noch nicht gesehen.«

Hadders stand auf, quetschte sich neben Jake und sah über dessen Schulter auf den Bildschirm. »Dreh um, Scud«, sagte er, »wir verlieren sie.«

»Wer gibt hier die Befehle?«, schrie Scud. »Was soll das? Wieso stehst du da und sagst mir, was ich zu tun habe?«

»Sie sollten sich das mal ansehen, Sir. Wir sollten uns das genauer ansehen, bevor wir dran vorbei sind.«

Scud knirschte mit den Zähnen und fluchte, aber er

ging in Schräglage und zog den engsten Bogen, den das Flugzeug fliegen konnte. »Basis, bitte kommen«, sagte er in sein Mikrofon. »Hier Delta Null Fünf, können Sie mich hören?«

General Wolfe saß an seinem Schreibtisch im Kontrollraum, als einer der Techniker ihn an den Monitor rief, auf dem Scud Morgans Bilder empfangen wurden. »Himmelherrgott«, sagte er. »Was ist das?«

»Keine Ahnung«, sagte der Techniker. »Kein Flugzeug der Welt hat so eine Flugbahn.«

Die unbekannten Flugobjekte, deren Signale sie empfingen, bewegten sich spiralförmig nach unten und hinterließen einen Hitzestreifen, der auf dem Monitor dem Schweif eines Kometen glich. Scud Morgans Flugzeug flog über ihnen und entfernte sich dann.

»Nehmen Sie mit den Jungs in der Maschine Kontakt auf«, sagte Wolfe. »Sagen Sie ihnen, sie sollen über den Dingern da bleiben und uns mehr Bilder schicken.«

»Jawohl, Sir.«

Inzwischen hatte sich eine kleine Menschentraube um den Monitor gebildet, und alle starrten wie gebannt auf die sich bewegenden Punkte. »Wusst ich's doch«, sagte Wolfe. »Hab ich's nicht gesagt? Ich wusste, dass da was dahinter steckt.«

19

Das Flugzeug über ihren Köpfen war etwas irritierend, aber Drachen sind nicht so leicht aus der Ruhe zu bringen. Als sie bemerkten, dass es nicht verschwand, beschlossen sie, es nicht weiter zu beachten und nach weiteren Groken zu suchen. Sie trennten sich – einer flog in westliche, der andere in östliche Richtung – und blieben in geringer Höhe, um den Boden beobachten zu können.

Das Flugzeug kreiste noch einmal über ihnen und blieb dann Kevin auf der Spur. Eine Weile lang ließ er es sich gefallen, doch schließlich reichte es ihm und mit einem rasanten Haken schüttelte er den Verfolger ab. Dann flog er mit Höchstgeschwindigkeit in Richtung Süden und schwenkte erst wieder auf seinen alten Kurs ein, als er sich davon überzeugt hatte, dass niemand am Himmel über ihm war.

Scud Morgan fluchte. Jake schüttelte den Kopf. Mark Hadders setzte sich wieder und nahm sein Buch.

Einen Groken im Schneesturm auszumachen, ist auch für einen Drachen kein leichtes Unterfangen. Kevin beobachtete den Boden unter sich, aber es war eher dem Zufall zu verdanken, als er den nächsten Groken entdeckte. Er schob sich in südlicher Richtung über Norwegen hinweg, langsamer zwar als in den vorangegangenen Wochen, aber immer noch ziemlich zügig. Er hatte eine große Schneise durch die Wälder gepflügt und sich satt gefressen. Deshalb war er auf enorme Ausmaße angeschwollen.

Groken vermehren sich nicht wie die meisten anderen Lebewesen auf dieser Welt: Weder paaren sie sich mit einem Artgenossen, noch legen sie Eier oder gebären Junge. Wenn sie eine bestimmte Größe erreicht haben, teilen sie sich in zwei, ähnlich wie Amöben. Kevin entdeckte diesen Groken nur, weil er gerade im Begriff war, sich zu spalten.

Wo der Spalt entstand, war die Tarnung durch den Schnee unterbrochen und Teile des schwarzen Bauches wurden sichtbar. Kevin verlangsamte das Tempo, wendete und ging Feuer speiend zum Angriff über. Doch der Groken bemerkte die kleine Hitzequelle rechtzeitig über sich und saugte sich am Boden fest.

Den ersten Groken hatten sie so leicht zur Strecke gebracht, deshalb war Kevin auf den Kampf, der nun folgte, nicht vorbereitet. Der große Groken verharrte einfach in seiner Stellung. Er wusste, dass er fast unverletzbar war, solange er dem Angreifer nicht seine Unterseite darbot. Fast, aber eben nicht ganz. Kevin ging immer wieder im Sturzflug auf ihn nieder und spie unablässig Feuer. Die Stellen, auf die Kevin seine Angriffe richtete, schmolzen zu einer schwarzen, öligen Flüssigkeit, aber der Groke war so riesig, dass Kevins Anstrengungen nur wenig Wirkung zeigten.

Kevin unterbrach seine Attacken und versuchte sich einen Plan zurechtzulegen. Mit seinen Sturzflügen verbrauchte er zu viel Energie und ermüdete zu schnell. Wenn er erschöpft war, musste er eine Pause machen und Nahrung zu sich nehmen. Als er an Nahrung dachte, sah er das vor sich, was ein Drache am liebsten frisst, nämlich Menschen. Und bei dem Gedanken an Menschen kamen ihm nur die in den Sinn, die er kannte. Er fragte sich, ob sich wohl schon einmal ein Switcher ein Festmahl bestehend aus Freunden und Verwandten vorgestellt hatte.

Um sich von diesen unschönen Gedanken abzulenken, kehrte er wieder zu dem Groken zurück und flog über dessen gewölbten Körper, bis er den höchsten Punkt erreicht hatte. Dann richtete er seinen Feuerstrahl stetig und unbeirrbar auf eine Stelle, bis er ein Loch voller schwarzer, brodelnder Flüssigkeit, wie einen Suppentopf, geschaffen hatte. Er richtete den Strahl weiter auf die Stelle, bis das Loch durch den ganzen Körper gebrannt war und die Flüssigkeit auf der anderen Seite ins Eis sickerte. Das Biest bekam heftige Zuckungen, sein Schurz schlug auf und nieder, der massige Körper bebte und der Schnee auf seinem Rücken stob in einer dicken Wolke hoch. Kevin schwebte über ihm, bis ein letztes Zittern durch den Groken ging und er regungslos liegen blieb.

In großer Höhe hatte ein Satellit den bei dem Kampf auftretenden Hitzeausstoß rigistriert. Drei Flugzeuge nahmen Kurs auf die Stelle. Doch als sie dort ankamen, war Kevin verschwunden, und ihre Überwachungsgeräte konnten keinerlei Lebenszeichen feststellen.

Ein paar hundert Meilen entfernt über Grönland war ein anderes Militärflugzeug im Begriff, Tess auf ihrem Flug zu stoppen. Seit ihr Infrarotbild auf dem Monitor des Flugzeugs erschienen war, befand sich die Besatzung in Alarmbereitschaft. Wolfe hatte keine Ahnung, was da draußen herumschwirrte, aber er wollte kein Risiko eingehen. Deshalb hatte er eine Reihe von Raketen, die sich

Wärmequellen als Ziel suchten, abschussbereit machen lassen. Tess flog einen verwirrenden Zickzackkurs. Als der Bomberpilot das Ziel deutlich auf dem Radarschirm erkennen konnte, feuerte er eine Rakete ab und flog in einem großen Bogen aus dem Gebiet.

Tess hatte das Flugzeug wohl bemerkt, doch sie wusste nicht, dass es umgekehrt auch sie sehen konnte. Sie nutzte inzwischen ihre Fähigkeit als Drache, Objekte anhand der abstrahlenden Wärme zu erkennen, aber sie hatte keine Ahnung von den vergleichbaren technologischen Möglichkeiten der Militärs. Deswegen war sie völlig unvorbereitet, als sie eine Rakete Kurs auf sie nehmen sah. Hätte sie damit gerechnet, wäre sie sicherlich einfach ausgewichen, denn Drachen können erstaunliche Kunststücke in der Luft vollführen, denen keine Rakete folgen kann. So aber verwandelte sie sich instinktiv in eine Seeschwalbe. Die Rakete sauste an ihr vorbei, erfasste sie mit ihrem Luftstrom und wirbelte sie in dem Schneesturm umher. Weil die Rakete nun kein Ziel mehr hatte, flog sie unaufhaltsam weiter, bis sie in den Schnee stürzte.

Die Seeschwalbe war in sicherem Abstand vom Zentrum der Explosion, dennoch drohten die emporgeschleuderten Eisbrocken und Schneeklumpen sie zu erschlagen, während sie ihr Gleichgewicht wiederzugewinnen versuchte. Sie schraubte sich hoch in die Lüfte und entkam, aber sofort erstarrte das Blut in ihrem kleinen Vogelkörper. Sie lauschte einen Moment lang, und als sie Gewissheit hatte, dass das Flugzeug ihr nicht mehr folgte, nahm sie wieder die furchtlose Gestalt des Drachen an.

Als die Hitzewelle der Explosion verebbte, verschwand auch langsam das Bild auf dem Monitor im Kontrollraum. Jubel erschallte. General Wolfe lehnte sich in seinem Stuhl zurück und verschränkte zufrieden die Hände hinter dem Kopf. »Das hätten wir erwischt, was immer es war«, sagte er.

»O nein«, sagte der Techniker hinter ihm. »Leider nicht, Sir.«

»Wie bitte?« Wolfe setzte sich auf. Da, auf dem Bildschirm, war der Hitzefleck wieder zu sehen, so deutlich wie zuvor. Er bewegte sich mit erstaunlicher Geschwindigkeit in Richtung Osten. »Aber eben war er doch weg, oder?«

»Sah so aus«, sagte der Techniker. »Vielleicht hat die Hitze der Explosion ihn nur überdeckt. Da ist er jedenfalls wieder.«

Da war er, der Drache, und beeilte sich, durch den Schneesturm zu Kevin zu gelangen. Kevin hatte Tess' Ruf vernommen und kam ihr entgegen. Alle Militärflugzeuge im arktischen Raum starteten und nahmen Kurs auf die beiden.

Es war schon fast dunkel, als die beiden Drachen über dem Nordmeer bei Norwegen zusammentrafen und damit an der Zeit, ein paar Stunden auszuruhen. Ihre Infrarotaugen ermöglichten es ihnen zwar, Flugzeuge am Himmel auszumachen, aber auch mit den besten Augen der Welt würden sie in der Dunkelheit keine Groken erkennen können. Kevin wollte ein Drache bleiben, aber Tess hatte aus dem Raketenangriff gelernt. Sie waren nicht ganz so unsichtbar, wie sie geglaubt hatten, und sie bestand darauf, dass sie als Eisbären sicherer wären. Kevin gab nach. Rasch gruben sie sich eine Höhle und schliefen, eng aneinander gerollt, sofort ein.

Als es am nächsten Morgen hell wurde, erschienen die Hitzeflecken wieder auf dem Monitor eines der Aufklärungsflugzeuge. Sie kamen weder allmählich in Sicht wie ein startendes Flugzeug, dessen Motoren erst warm laufen müssen, noch rollten sie auf eine Startbahn oder stiegen senkrecht auf, sondern im ersten Moment war absolut nichts auf dem Bildschirm zu erkennen, und im nächsten sah man zwei heiße Objekte mit unglaublicher Geschwindigkeit in unterschiedliche Richtungen fliegen.

Diesmal hatten Tess und Kevin einen Plan. Es war ein gefährlicher Plan, der all ihren Mut und ihren Verstand erforderte, aber wenn er funktionierte, war das eine brillante Art, alle Groken zur Strecke zu bringen. Sie mussten sie nur noch finden.

Sie hatten beschlossen, so dicht über dem Eis zu fliegen, dass ein Groke für sie als langsam ansteigende und dann wieder abfallende Fläche sichtbar wäre. Inmitten eines Schneesturms brauchte man dazu Nerven aus Stahl und blitzschnelle Reaktionen, aber ein Drache hat beides, auch wenn er mit der Geschwindigkeit eines Düsenjägers fliegt.

Als sie früh am Morgen miteinander gesprochen hatten, waren sie zu der Erkenntis gekommen, dass sich eine Vorhut von Groken auf demselben Breitengrad südwärts bewegen musste wie der erste, den sie gefunden hatten, weil das die gleichmäßige Ausbreitung der ihnen vorausgehenden Schneestürme erklären würde. Also trennten sich die Drachen, der eine flog von ihrem Ausgangspunkt in einer geraden Linie in östliche Richtung, der andere in westliche Richtung. In der ersten Stunde verlangsamte Tess mehrere Male das Tempo, um ihr verdächtig vorkommende Erhebungen zu umkreisen, aber jedes Mal entpuppte es sich als Fehlalarm. Über ihr kreuzten unablässig Flugzeuge, und sie hatte bereits drei Raketen überlistet, bevor sie den ersten Groken erspähte. Als sie sich überzeugt hatte, dass es tatsächlich einer war, stieg sie in die Wolken auf und wartete ab, während sie regelmäßige Kreise zog. Nach kurzer Zeit bemerkte sie die verräterische Hitze und das Dröhnen der Triebwerke eines sie verfolgenden Flugzeugs. Sobald es sich ihr genähert hatte, schoss es eine Rakete auf sie ab. Mit halbsbrecherischer Geschwindigkeit tauchte Tess auf den nichtsahnenden Groken hinunter. Die Rakete war ihr auf den Fersen und hatte sie schon fast erreicht, als sie im allerletzten Moment wechselte, wie sie es schon einmal getan hatte, und abdrehte. Es funktionierte. Mit der Schubkraft aus dem Sturzflug des Drachens wurde der kleine Vogel in den Schneesturm katapultiert, weg von der Explosion. Ein paar Brocken des von der Rakete zersprengten Groken schwirrten um sie herum, aber sie hatte keine Zeit, sich darum zu kümmern. Sie musste sich wieder auf eine ruhige Flugbahn bringen. Im Kontrollraum starrten alle wie gebannt auf den Bildschirm, der jetzt wieder leer war. Dann sagte jemand: »Diesmal haben wir es erwischt.«

Aber es kam kein Jubel auf. Sie waren schließlich schon einmal reingefallen. »Warten wir es ab«, sagte Wolfe. Und als der Hitzefleck wieder auf dem Bildschirm erschien und sich in östlicher Richtung fortbewegte, stöhnte er gequält auf.

Auf der westlichen Seite von Grönland hatte Kevin mit dem gleichen Spiel mehr Erfolg. Er hatte eine bessere Methode entdeckt, wie er seine Beute orten konnte.

Ein Groke, der sich über Land fortbewegt, hinterlässt eine deutliche, ungefähr eine Meile breite Spur, auf der alle Vegetation zerstört ist und nur Geröll, Eis und Schnee zurückbleiben. Kevin hatte das zufällig bemerkt, als er seinen ersten Groken an diesem Tag entdeckte. Von da an hielt er nicht mehr nach der Wölbung der Tiere Ausschau, sondern nach abrupt endenden Waldstücken oder ungewöhnlich glatten Schneeflächen. Die Methode funktionierte prächtig. Er fand einen Groken nach dem anderen, und jedes Mal schwebte er so lange darüber, bis die Militärflugzeuge mit ihren Raketen eintrafen.

Je weiter der Tag fortschritt, desto gereizter wurde General Wolfe. Die Ereignisse zermürbten ihn gründlich. Ihm wurde zunehmend klarer, dass die Dinger, was immer sie waren, ihr Spiel mit ihm trieben. Außerdem rief man ihn seiner Meinung nach zu oft aus Washington an und stellte immer peinlichere Fragen.

Was jedoch am allerseltsamsten war: Das, was da draußen passierte, hatte die gewünschte Wirkung auf das Wetter. Schon jetzt nahmen die Schneestürme ab und über großen Gebieten war die Wolkendecke aufgebrochen. In Südengland und in Irland, so hörte er, schien die Sonne und der Schnee begann zu schmelzen.

Für Lizzie kam der Umschwung gerade zur rechten Zeit. An den ersten beiden Tagen des Schneesturms hatte sich Mr. Quigley sehr hilfsbereit gezeigt. Er war jeden Tag gekommen und hatte Lizzies Vorräte aufgestockt, und gemeinsam mit seiner Tochter hatte er den Schnee vor ihrer Tür weggeschaufelt und einen Weg zu Nancys Stall und zum Hühnerhaus freigeschippt. Als er am nächsten Tag erschien, berichtete er ihr, dass er Haus und Hof verkauft und für sich und seine Familie eine Überfahrt mit der Fähre nach Zypern gebucht habe. Diese Gelegenheit dürfe er nicht verstreichen lassen. Er habe ihr Vorräte für die nächsten vierzehn Tage mitgebracht und einen Zentner Streusalz, doch nun könne er leider nichts mehr für sie tun. Als es für Lizzie zu mühsam wurde, täglich den Weg freizuschaufeln, quartierte sie Nancy und die Hühner in der Waschküche ein. Die Wasserleitungen waren schon lange zugefroren, deshalb füllte sie die Badewanne, das Spülbecken und ein paar alte Milchkannen mit Schnee. Dann brachte sie so viel Holz ins Haus, wie sie im Flur stapeln konnte, und schloss die Tür. Wie ein Lebewesen in der Arktis hatte sie sich in ihr eingeschneites Häuschen vergraben und die Welt vergaß sie von stundan.

Die Schneewehen wuchsen, bis die Fenster im Erdgeschoss ganz bedeckt waren, und da die Stromversorgung längst schon im halben Land zusammengebrochen war, hauste Lizzie in der Küche im dämmrigen Licht des Feuers, weil sie die Kerzen für Notfälle aufheben wollte. Als Erstes gingen ihr die Haferflocken aus, mit denen sie Nancy und die Hühner fütterte. So musste sie ihre eigene Ration mit ihnen teilen. Dann wurde das Wasser knapp. Der Stöpsel in der Badewanne taugte nichts, und sobald der Schnee, den Lizzie mühsam dort hingeschleppt hatte, geschmolzen war, floss er durch den Abfluss davon. Ihr blieb nichts anderes übrig, als den Schnee auf den Fensterbänken zusammenzukratzen und ihn über dem Feuer zu schmelzen, und jeder, der das einmal gemacht hat, weiß, wie gering das Ergebnis seiner Mühen ist. Als die Sonne wieder hervorkam, war Lizzie erschöpft und entmutigt, und ihre Vorräte waren fast aufgebraucht.

Wenn nicht die Katzen gewesen wären, hätte sie wahrscheinlich erst einen Tag später gemerkt, dass es aufgehört hatte zu schneien. In ihrer Küche war es dunkel wie in einem Keller, da der Schnee draußen bis über die Fenster reichte. Und in den oberen Zimmern konnte sie sich nicht aufhalten, weil es da zu kalt war. Die Katzen gingen jedoch recht häufig nach oben, weil Lizzie für sie dort ein Katzenklo aufgestellt hatte, als sie sie nicht mehr rauslassen konnte. Als Moppet von einem dieser Ausflüge nicht zurückkam, ging Lizzie rauf, um nachzusehen. Sie fand ihn zusammengerollt auf der sonnigen Fensterbank. Zum ersten Mal, seit Tess und Kevin aus ihrem Haus fortgegangen waren, drückte Lizzie ihren alten krummen Rücken durch. Sie ging ans Fenster, öffnete es und rief in den Himmel hinein: »Ihr habts es geschafft, ihr kleinen Monster ihr, ihr habts es geschafft!«

20

Am Rande des Polarkreises hatten die Drachen ihre Arbeit noch nicht beendet. Tess, die inzwischen auch Kevins Methode entdeckt hatte, holte allerdings mächtig auf.

General Wolfe im Kontrollraum hatte es satt, Raketen auf Infrarot-Phantome abzuschießen. Andererseits blieb ihm wohl kaum etwas anderes übrig, das wusste er. Er hatte Freiwillige gefunden, die in Kampfflugzeugen mit Maschinengewehren und Kurzstreckenwaffen zum Nahkampf ausgerückt waren, doch sie kehrten ergebnislos zurück. Jedes Mal, wenn sie in Sichtweite ihres Ziels gekommen waren, war es einfach spurlos verschwunden und tauchte nicht mehr auf.

Wolfe brach die Aktion ab. Mit demonstrativer Zuversicht, doch innerlich am Rande der Verzweiflung, ließ er weitere Raketenangriffe fliegen.

Tess und Kevin waren in Hochstimmung. Sie setzten sich größten Gefahren aus, entrannen mit knapper Not dem Tod und begaben sich im nächsten Moment wieder in Gefahr. Nie war ihnen das Leben so kostbar erschienen wie jetzt.

Und sie gingen siegreich aus dem Kampf hervor. Mit ihrer phänomenalen Geschwindigkeit waren sie in entgegengesetzte Richtungen um die Erde geflogen und hatten sich auf der anderen Seite über Kanada wieder getroffen. Aus Übermut spielten sie in der Luft Fangen und Bockspringen, bevor sie sich auf den Rückweg machten, um auch noch die letzten Groken zur Strecke zu bringen.

General Wolfe verfolgte sie über Radar und Infrarot. Er wusste, dass diese Objekte ein Spiel mit ihm trieben, aber er bemerkte auch das Abklingen der Schneestürme. Er hatte keine Ahnung, wie er sich das erklären sollte, aber eins stand für ihn fest: Allen Ruhm, den es zu gegebener Zeit zu ernten gab, würde er für sich in Anspruch nehmen.

Das Ding im Westen zog wieder seine Kreise. »Gebt's ihm«, befahl er.

So schnell die Drachen auch fliegen konnten, sie schafften es nicht mehr, vor Einbruch der Dunkelheit die andere Seite des Erdballs zu erreichen. Immerhin konnten sie sich durch Rufe verständigen, dann landeten sie und rollten sich, jeder allein in seiner Schneehöhle als Eisbären zum Schlafen zusammen.

Tess schlief unruhig und träumte Bärenträume und Drachenträume durcheinander, und danach hatte sie einen schrecklichen Traum, in dem Kevin dazu verdammt war, für den Rest seines Lebens ein ganz furchtbares Geschöpf zu sein. Ein einzelner Bär erzeugt sehr viel weniger Wärme als zwei, die sich aneinander schmiegen, und als sie vor dem Morgengrauen erwachte, war sie steif vor Kälte. Sie wusste, nur durch Bewegung würde sie wieder warm werden, also kroch sie aus ihrer Höhle und war überrascht, unter sternenklarem Himmel in alle Richtungen einen freien Blick über das Schneefeld zu haben.

Über ihr flog ein Flugzeug, an dem ein Licht weiß blinkte. Tess schüttelte ihr nasses Fell und trottete in Richtung Norden.

Im Kontrollturm hielt sich General Wolfe mit Tabletten wach. Die Wettersatelliten sandten überaus beruhigende Bilder von den Wolkenformationen. Ein paar einzelne Schneestürme zogen immer noch wie dicke Finger in südliche Richtung, doch davon abgesehen war das Gebiet unterhalb des siebzigsten Breitengrads frei von Unwettern.

Aber Wolfe ahnte, dass diese mysteriösen Flugobjekte am Tage wieder erscheinen würden. Den größten Teil der Nacht hatte ihn sein verletzter Stolz wach gehalten. Er würde nicht einfach aufgeben. Sein Stab diskutierte die unterschiedlichsten Theorien. Manche behaupteten, die Hitzeflecken seien irakische Kriegsmaschinen und eigens dazu entwickelt, die nördliche Hemisphäre mit Schnee und Eis zu bedecken und so die amerikanische und europäische Wirtschaft lahm zu legen. Andere behaupteten, es handele sich um UFOs, deren Insassen vorhätten, die Erde zu kolonisieren. Wolfe neigte zu der Ansicht, dass die Objekte aus dem All kamen. Und alles, was bisher geschehen war, hatte ihn in der Überzeugung bestärkt, es handele sich um irgendeine Art von Lebewesen. Immer wieder musste er an die beiden Tonbandaufnahmen denken.

Als es Tess wärmer wurde, fasste sie einen Plan. Sie wusste, die Schneestürme hatten nachgelassen, weil sie einige der Groken getötet hatten. Aber in der Nähe des Nordpols waren sicherlich noch weitere, die sie sich vornehmen sollte. Doch auch im Dunkel der Nacht hätte sie gezögert, sich in einen Drachen zu verwandeln. Ein niedrig fliegendes Flugzeug könnte sie im klaren Licht der Sterne aufspüren, denn die schützende Wolkendecke war verschwunden. Also verwandelte sie sich in eine kanadische Schneegans und flog nach Norden.

Sie hatte Recht. Es waren noch viele Groken da. Was Tess hingegen nicht wusste, war, dass sie keine Gefahr mehr darstellten. Abgesehen von den unbekannten Feinden in der Luft wurden die Groken nämlich zunehmend von ihrem schlimmsten Feind, der Sonne, bedroht. Nur eine große Anzahl von Groken kann eine ausreichend dicke, eisige Wolkendecke erzeugen, die ihnen Schutz bietet. Die Wolke eines einzelnen Groken kann von einer warmen Brise zerstäubt werden, so dass das Tier darunter hilflos der Sonne ausgesetzt ist. Schon jetzt hatte die zweite und dritte Reihe der vorstoßenden Groken einen hastigen Rückzug angetreten, und die Nachhut war bereits in ihr eisiges Bett zurückgeschlittert.

Kevin erwachte im Morgengrauen. Sein erster Gedanke war, dass heute der Tag vor seinem Geburtstag war. Es blieben ihm noch genau ein Tag und eine Nacht.

Er trat aus seiner Höhle und streckte sich. Es schneite immer noch, aber die Flocken waren jetzt weicher und das Wetter freundlicher. Er fühlte sich erfrischt und freute sich auf einen weiteren Tag im Kampf gegen die Groken. Aber zunächst wollte er sich ein wenig umsehen. Im Nu hatte er sich in einen Drachen verwandelt und stieg rasch in die Wolken auf.

Die Luftwaffe hatte nur auf ihn gewartet, und ein vorbeifliegendes Flugzeug schoss sofort eine Rakete auf ihn ab, aber er switchte und wich mühelos aus. Die Rakete explodierte unter ihm, nicht weit von seiner Höhle entfernt.

Als er sein Gleichgewicht wiedergefunden hatte, switchte er abermals und machte sich mit hoher Geschwindigkeit auf den Weg zum Nordpol. Er flog sehr schnell, und schüttelte die Flugzeuge hinter sich bald ab. Indem er einen Zickzackkurs flog und ab und zu einen Haken schlug, konnte er die Leute im Kontrollraum so weit verwirren, dass der Himmel um ihn herum schließlich wie leer gefegt war. Um Schwung zu nehmen, ließ er sich rasch ein paar hundert Meter fallen, und schoss dann senkrecht, wie eine Rakete, durch die Wolken in den Raum darüber. Kevin glich ein wenig einem Spaniel, der im hohen Gras einen Satz machte, um sich einen Überblick zu verschaffen, nur dass Kevin fast bis zur Stratosphäre kam. Von hier konnte er die Wolkenformationen unter sich gut erkennen und daraus schließen, wo noch Groken lagen. Er brauchte kaum eine Sekunde, um alles zu registrieren, dann sank er wie ein riesenhafter Falke und ließ sich durch den Himmel fallen. Vor den Monitoren im Kontrollraum blieben den Beobachtern die Münder offen stehen, während sie dieses erstaunliche Kunststück über Radar verfolgten.

»Was zum Teufel ist das bloß?«, fragte General Wolfe.

Auf der anderen Seite des Polarkreises, aber ganz in Kevins Nähe, hatte Tess den Schutz der Wolken erreicht und gewechselt. Kevin hatte den Morgen über immer wieder nach ihr gerufen und freute sich, endlich eine Antwort zu bekommen. Er übermittelte ihr die Informationen über die noch verbliebenen Groken und gemeinsam machten sie sich auf den Weg, um sie zu vernichten.

Das war jetzt ganz einfach. Sie brauchten nur an den Ausläufern der Wolken entlangzufliegen, bis sie auf einen

Groken stießen. Nach einer Weile hatten die Männer im Kontrollraum das System durchschaut und oft zogen Flugzeuge schon ihre Warteschleifen, wenn die Drachen auftauchten. Bis zum späten Nachmittag hatten Tess und Kevin alle Groken ausgemacht, die unterhalb des siebzigsten Breitengrades lagen. Sie trafen sich unmittelbar über dem Nordpol, wo es schon dunkel war, um zu feiern und ihr weiteres Vorgehen abzusprechen. Kevin in einem Siegestaumel war dafür weiterzumachen, aber Tess wollte das Unternehmen abbrechen und mit ihm reden. Sie war genauso aufgeregt wie er, aber aus anderen Gründen. Eine Weile stritten sie in der Luft, bis sie richtig sauer aufeinander waren, sich mit Flammen bespien und sich gegenseitig Nasen und Ohren ansengten. Das dämpfte ihren Übermut. Schließlich gab Kevin nach. Sie sausten von den Flugzeugen weg, die sich über ihnen versammelt hatten, und ließen sie schnell hinter sich. Dann verwandelten sie sich in Wildgänse, um die Verfolger in die Irre zu führen, und flogen weiter. Schließlich waren die Flugzeuge verschwunden und sie landeten in einem merkwürdigen Amphitheater aus Eis, mitten in der See vor Grönland.

»Mann«, sagte Kevin, als sie sich endlich gegenüberstanden. »Ist das kalt!«

»Und wie«, sagte Tess. »Wir müssen uns also beeilen.«

»Was gibt es denn so Wichtiges?«

»Pass auf«, sagte Tess. »Wir haben die Groken alle zur Strecke gebracht, stimmt's?«

»Na ja, die meisten jedenfalls.«

»Gut. Ich habe heute Morgen zwei in Nordgrönland erledigt, die eindeutig auf dem Rückzug waren.«

»Wirklich?«

»Ja. In einem Affenzahn. Wahrscheinlich sind wir also fertig. Und wenn nicht, dann kann ich notfalls allein weitermachen.«

»Aber warum denn?«

»Vielleicht hast du so noch eine Chance, das zu sein, was du sein möchtest.«

»Aber hier oben gibt es nicht viel Auswahl. Außerdem gefällt es mir ganz gut als Drache.«

Tess verstand ihn sehr gut, aber wäre sie in diesem Moment ein Drache gewesen, hätte sie ihm wieder die Nase angekokelt. »Sei nicht so blöd, Kevin«, sagte sie. »Wir sind nur mit dem Leben davongekommen, weil wir switchen können! Wenn du den Raketen nicht ausweichen und nachts verschwinden könntest, wärst du hoffnungslos verloren!«

Kevin seufzte. »Wahrscheinlich hast du Recht«, sagte er.

»Aber du hast noch eine Chance«, fuhr sie fort. »Wenn wir als Drachen in voller Geschwindigkeit zurückfliegen, können wir bis morgen früh in Irland sein. Vielleicht bleibt uns sogar noch Zeit, um ein bisschen zu feiern. Bei Lizzie zum Beispiel.«

»Ist das nicht riskant?«, fragte Kevin. »Die können uns doch über Radar verfolgen, oder?«

»Na und?«, sagte Tess. »Seit zwei Tagen sind wir ständig irgendwelchen Flugzeugen und Raketen ausgewichen. Was können die auf uns loslassen, womit wir nicht fertig würden?«

Kevin schwieg. Tess rieb die Hände in den Handschuhen aneinander und blies darauf. »Mach schon, Kevin«, sagte sie. »Es ist zu kalt, um hier rumzustehen und nachzudenken.«

»Stimmt«, sagte Kevin. »Das Dumme ist nur, ich weiß immer noch nicht richtig, was ich sein will. Irgendwie war es auch sehr schön, mich nicht entscheiden zu müssen, verstehst du?«

»Aber du musst dich doch nicht jetzt entscheiden. Du kannst heute den ganzen Tag und die ganze Nacht darüber nachdenken. Außerdem weißt du es wahrscheinlich sowieso, wenn es so weit ist, meinst du nicht? So wie du wusstest, dass es richtig war, hierher zu kommen.«

Kevins Miene hellte sich auf. »Weißt du was?«, sagte er.

»Was?«

»Vielleicht hast du ausnahmsweise mal Recht.«

21

General Wolfe saß auf der Stuhlkante. »Nun kommt schon, ihr raffinierten, kleinen Dinger«, sagte er zu den beiden sich bewegenden Punkten auf dem Monitor. »Schön weiter so, immer geradeaus.«

Die mysteriösen Objekte flogen in südlicher Richtung über dem Nordmeer bei Norwegen. Er hatte ihren Weg eine Weile lang verfolgt und sich mit wachsender Spannung die Satellitenbilder angeschaut. Wenn sie die Richtung beibehielten, würden sie bald die Nordwestspitze von Schottland überfliegen, und da würde er sie mit einer kleinen Überraschung erwarten.

Auf einem Militärstützpunkt in Nordwales waren Scud Morgan und seine Crew abflugbereit. In einer Schlange von Bombern gleichen Typs warteten sie vor der Rollbahn auf ihr Startsignal. Die angrenzenden Felder lagen immer noch unter einer dicken Schneedecke, aber der Himmel war wieder klar. Scud war voller Ungeduld.

»Weißt du was?«, sagte er.

»Nein, was denn?«, fragte Hadders, der die Instrumente im Cockpit sorgfältig überprüfte.

»Wir werden heute noch was erleben, das habe ich im Gefühl.«

»Vermutlich schicken sie uns genau deswegen los, Scud.«

»Ja, klar, das weiß ich auch. Aber mein Gefühl sagt mir

mehr. Ich hab's in den Knochen, glaub mir. Wir waren ja auch die Ersten, die diese Aliens da draußen entdeckt haben.«

»Ich habe keine Aliens gesehen.«

»Was soll es denn sonst gewesen sein? Das waren keine Flugzeuge. Jeder weiß, es waren keine Flugzeuge. Du musst 'n Schuss weghaben, wenn du glaubst, das waren Flugzeuge.«

»Keiner weiß, was es ist«, sagte Hadders, »und keiner weiß, wie man denen das Handwerk legen kann. Aber es hat keinen Sinn, hier über fliegende Untertassen zu reden und sich unnötig aufzuregen.«

»Unnötig aufregen?«, sagte Scud. Er trat hart auf die Bremse, um vor dem Heck der Maschine vor ihm zum Stehen zu kommen, und die drei flogen in ihren Sitzgurten nach vorn. »Wer regt sich hier unnötig auf? Ich reg mich nicht unnötig auf. Du dich etwa? In dieser Kiste regt sich keiner unnötig auf, nicht, solange ich das Kommando habe.«

Hadders seufzte und überprüfte die letzten Instrumente.

»Ich mein ja nur«, fuhr Scud fort, »ich hab so ein Gefühl. Wir haben diese beiden Aliens als Erste gesehen, und mein Gefühl sagt mir, wir werden auch die Letzten sein.«

»Hast du irgendwelche Aliens gesehen, Jake?«

»Könnten Flugzeuge gewesen sein«, sagte Jake.

Die Bomber, die sich einer nach dem anderen in die sternklare Nacht erhoben, hatten keine Raketen an Bord. Aber sie waren voll beladen, diesmal mit anderen Waffen.

Als Scud und seine Crew starteten, waren Tess und Kevin immer noch über der Nordsee bei Norwegen. Es machte ihnen Vergnügen, ganz dicht über dem Wasser zu fliegen, bis sie fast die Wellen streiften. Die Nachtluft war klar und frisch und langsam glaubten sie, das Schlachtfeld hinter sich gelassen zu haben.

Als die neue, von den Groken gebildete Eisdecke aufhörte, sahen sie ab und zu Wale, die an die Wasseroberfläche kamen. Sie wussten, dass die Tiere der Kälte entflohen und dorthin schwammen, wo Leben möglich war. Tess sah zu Kevin hinüber und zum ersten Mal seit Tagen hatte sie das Gefühl, sich entspannen zu können. Was sie gemacht hatten, war absurd, völlig unmöglich. Nichts davon ergab einen Sinn, aber es war alles wahr, und sie hatten es wirklich getan. Als Kevin sich umdrehte und ihr zublinzelte, brach sich das Licht der Sterne auf den Schuppen seines Rückens. Sie war ein Drache und flog mit einem anderen Drachen unter dem Sternenzelt über das Meer, und sie nahm das Bild und die Gefühle tief in sich auf, damit sie für immer ein Teil von ihr wurden. Denn was auch geschah, sie würde nie wieder diese Gefühle haben.

Innerhalb einer Stunde hatten die fünfunddreißig Flugzeuge ihre Positionen erreicht und warteten in einer bestimmten Formation.

»Hast du sie auf deinem Monitor, Jake?«, fragte Scud.

»Nein, nur die Satellitenmeldung.«

»Sind sie weit weg?«

»Viertelstunde, würde ich sagen.«

»Und was hast du auf dem Radarschirm?«

»Lass mal sehen. FT6R. Das sind Pete und Jeremy in ihrer Maschine. Hallo, ihr zwei.«

»Jeremy!«, polterte Scud los. »Das hat man jetzt davon, wenn man mit diesen Briten zusammenarbeitet. Er ist beim Militär und heißt Jeremy, wie ein Baby! Wo gibt's denn so was? Himmelherrgott! Kann der sich keinen anderen Namen zulegen? Wie kann man Krieg führen, wenn lauter Jeremys um einen rumfliegen? Wie soll man da noch geradeaus denken können?«

»Ich glaube nicht, dass wir hier im Krieg sind, Scud.«

»Lies du mal deine Bücher, Hadders. Manche Leute sind dazu auf der Welt. Manche werden geboren, um Bücher zu lesen, und andere, um Krieg zu führen. Ist mir egal, was die anderen sagen: wenn ich im Bomber sitze, dann ist Krieg.«

Hadders brach den letzten Zahn aus seinem Taschenkamm und fing an, sich die Zwischenräume zwischen den Zähnen zu reinigen. »Das stimmt allerdings«, sagte er.

Als der nördlichste Zipfel Schottlands in Sicht kam, schlugen die beiden Drachen vor Freude einen doppelten Salto. General Wolfe und seine fünfzehn Berater und Assistenten hielten die Luft an. Als die beiden UFOs wieder auf Kurs gingen, atmeten die vor dem Monitor versammelten Männer aus, und der Luftstrom brachte Computerausdrucke zum Flattern.

Jetzt flogen die Drachen über Land, rechts von ihnen lag die zerklüftete Westküste Schottlands und unter ihnen ragten riesige Aufforstungsgebiete aus dem Schnee. Hin und wieder entdeckten die Drachen mit ihren scharfen Augen die Dächer verlassener Dörfer oder abseits gelegener Bauernhöfe. Tess war überrascht, dass sie auch manchmal Holzfeuergeruch wahrnahm. Da unten hatten Menschen überlebt, trotz der Unmengen von Schnee. Sie sah hinunter und versuchte zu erkennen, wo Rauch aus Schornsteinen aufstieg, und auch Kevin musste abgelenkt gewesen sein, denn sonst wären sie von dem entgegenkommenden Flugzeug nicht überrascht worden.

»Sie fliegen unter uns her!«, schrie Jake.

»Und diesmal kriegen wir sie«, sagte Scud.

»Okay«, sagte Hadders. »Immer mit der Ruhe. Haben wir einen sicheren Abstand von den anderen, Jake?«

»Ganz sicher. Und der Computer-Countdown läuft, sieben, sechs ...«

»Scheiße, wo sind sie? Die haben kein Licht und nichts.«

»Vier, drei ...«

Tess und Kevin waren schon unter dem Flugzeug, bevor sie wussten, wie ihnen geschah.

»Zwei ...«

Tess reagierte wie eine Ziege, keilte heftig nach links aus und switchte im selben Moment.

»Eins ...«

Kevin war nicht ganz so schnell. Er flog weiter geradeaus, dann switchte auch er.

»Zero!«

Doch Kevin war zu spät.

Die Napalmbombe war ausgeklinkt und explodierte und die brennende, klebrige Masse erfüllte die Luft und legte sich auf den Wald.

»Wir haben sie!«, schrie Scud. »Haben wir sie, Jake, sag schon?«

»Was sollen wir haben?«, sagte Hadders. »Ich hab nichts gesehen. Hast du was gesehen?«

»Ich hab auch nichts gesehen, aber wir haben sie todsicher, was auch immer es war. Haben wir sie, Jake?«

»Wie soll ich das wissen? Ich hab nichts gesehen.«

»Aber du hast deine Kontrollgeräte. Was sagen die?«

»Die Kontrollgeräte sagen, dass hinter uns alles in Flammen steht, mehr nicht.«

»Fliegt was weg von den Flammen?«

»Na klar, wir.«

»Ich wusste es«, sagte Scud. »Ich hab's in meinen Knochen gefühlt. Wir haben sie!«

Jake starrte gespannt auf den Satellitenmonitor weiter hinten im Flugzeug. »Ich bin mir nicht sicher«, sagte er.

»Jede Wette«, sagte Scud. »Und wollt ihr noch was wissen?«

»Was?«, fragte Hadders.

»Das ist ein Grund zum Feiern, Kumpel, und deswegen kaufe ich dir einen nagelneuen Kamm.«

Als Tess ihr Gleichgewicht wiedergewonnen hatte und sich umdrehte, um zu sehen, was passiert war, brannte der Wald unter ihr lichterloh, und das Flugzeug war verschwunden. Sie konnte gerade noch ein brennendes Etwas erkennen, das sich im Fallen um seine eigene Achse drehte und dann in den dichten Rauch und den Funkenregen eintauchte und verschwand. Ihr Vogelhirn war ruhig und unbeteiligt, aber ihr menschlicher Verstand schrie: »Switch, Kevin, so switch doch!«

Aber auch das hätte nichts mehr genützt. Niemand, kein Lebewesen, nicht einmal ein Drache, konnte diese Flammen überleben. Das war Kevins Ende.

Dennoch wartete sie und kreiste als Adler hoch über dem Wald, von dem nur ein Skelett aus verkohlten Baumstämmen mit geschmolzenem Schnee am Rande übrig geblieben war. Sie blieb, auch nachdem die Flugzeuge aufgehört hatten, über der Stelle zu kreisen, und abdrehten. Sie blieb bis zum Morgen, dem Morgen von Kevins Geburtstag, doch der neue Tag brachte nur ein paar Militärhubschrauber, die den niedergebrannten Wald untersuchen wollten. Sie würden nichts finden.

Mit schwerem Herzen flog Tess davon.

22

Müde und niedergeschlagen trat Tess den Rückweg nach Dublin an. Es war eine schwierige Reise, und nachdem sie verschiedene Vogelformen ausprobiert hatte, entschied sie sich wieder für die Seeschwalbe. Das war ein zäher kleiner Vogel, der, wie sie feststellte, gut mit der Kälte und dem langen Flug zurechtkam; dennoch war sie, als der Phönix-Park in Sicht kam, am Ende ihrer Kräfte.

Im Haus ihrer Eltern brannte Licht. Tess stand unter den Bäumen auf der anderen Straßenseite und sah sich vorsichtig um. Es war niemand zu sehen. Der Schnee taute kräftig, aber um die Baumstämme und an den Mauern und Hecken lag er immer noch sehr hoch. Die Aussicht auf Wärme und einen Platz zum Ausruhen war fast unwiderstehlich, doch noch bevor sie wechselte, merkte Tess, dass etwas sie störte. So sehr sie ihre Eltern auch liebte und sich nach der Behaglichkeit ihres Hauses sehnte, so brauchte sie jetzt am allermeisten Verständnis. Denn jetzt, wo sie wieder menschliche Gestalt angenommen hatte, war sie von der Trauer und dem Schock über Kevins Tod überwältigt, und darüber konnte sie nicht mit ihren Eltern sprechen. Es gab nur einen Menschen auf der Welt, dem sie davon erzählen konnte, und das war Lizzie.

Mit einigem Zögern wandte sie sich von den hellen Lichtern ihres Elternhauses ab und verwandelte sich wieder in den kleinen Meeresvogel. Mit müdem Flügelschlag überquerte sie die Stadt und suchte inmitten der schneebedeckten Felder nach der Ruine des prächtigen Hauses und dem kleinen Cottage. Als sie es nach einiger Zeit gefunden hatte, war sie erleichtert, Rauch aus dem Kamin aufsteigen zu sehen. Auch der Weg zum Schuppen war frei geschaufelt. Sie landete auf dem Dach des Hühnerhauses und überlegte einen Moment, wie sie am besten in Lizzies Haus gelangen konnte, ohne sie zu erschrecken.

Die anderen Katzen krümmten den Rücken und zischten, als sie den Fremdling durch die Katzenklappe kommen und an der Küchentür kratzen hörten, aber Lizzie war sofort im Bilde. »Da seids ihr ja wieder!«, sagte sie und öffnete die Tür. »Das gings aber schnell!«

Tess switchte, und die Katzen nahmen Reißaus. Lizzie sah sie besorgt an. »Du bists ja völlig erschöpft, mein Mädchen. Was ist passiert?«

Tess ließ sich abgekämpft in einen Sessel fallen. Die Polster waren von den Katzen schon vorgewärmt und eine lange Zeit saß Tess einfach nur still da. Langsam wurde ihr wieder warm und ihre Kräfte kehrten zurück. Lizzie ging zum Spülbecken und bereitete Tee zu. Sie war dabei ganz leise und Tess hatte Lizzie schon fast vergessen, als sie ihr den Becher sanft in die Hand drückte. Sie richtete sich auf und trank den süßen Tee, aber sie konnte nicht sprechen.

»Rattenjunge, he?«

Tess sah auf. Über dem Haken an der Kaminbrüstung ragte eine zuckende, braune Nase aus dem Loch. Eine ungewöhnlich lange Rattennase. Tränen rannen Tess die Wange herunter. Lizzie zog einen Pantoffel aus und warf ihn auf das Loch. Lange Nase quiekte und verschwand, aber einen Moment später war er wieder da.

»Nanananana«, sagte er. »Schwanz-ab-sieben-Zehen zusammenrollen mit Lange Nase und Nase-in-Mausefalle-gebrochen. Wir schlafen. Sonne hoch, wir blanke Augen, Hunger und Kraft.«

Tess nickte unter Tränen. »Er hat Recht, Lizzie«, sagte sie. »Wir beide können uns auch Morgen unterhalten.«

»Na, dann los«, sagte Lizzie, »aber vergiss nicht wiederzukommen, hörst du?«

»Bestimmt nicht.« Tess leerte den Becher, stellte ihn ab und switchte. Als Ratte fühlte sie sich augenblicklich besser. Ratten leben eng zusammen, aber ohne Bindung und Gefühle, und obwohl sie auch als Ratte Kevin vermisste, so war sein Tod in diesem Moment kein Verlust oder Anlass zur Trauer mehr. Sie schüttelte sich und fing an, sich zu putzen, aber Lizzie hob sie hoch und setzte sie in das Loch über dem Kamin, bevor die Katzen im Raum sie bemerkten. Dort rieb sie sich mit den anderen beiden die Nasen und erzählte ihnen von ihren Abenteuern, während sie sich hinter ihnen durch das Labyrinth der Tunnel und Gänge schlängelte. Lange Nase fand großen Gefallen an der Geschichte und Tess musste die Stelle, als sie dem ersten Groken begegneten, immer wieder erzählen. Schließlich erreichten sie ihr Ziel, ein gemütliches Nest unter dem Kuhstall. Tess schmiegte sich eng zusammengerollt an Nase-in-Mausefalle-gebrochen, und das Letzte, was sie vor dem Einschlafen hörte, war Nancy über ihr, die träge wiederkäute.

Am nächsten Morgen kehrte Tess zum Cottage zurück, und dort erzählte sie, in Menschengestalt, was passiert war. Die alte Frau hörte aufmerksam zu und schlug sich jedes

Mal, wenn die Geschichte eine neue Wendung nahm, freudig erregt aufs Knie. Als Tess zu Ende erzählt hatte, saßen beide eine Weile lang still da, dann sagte Lizzie: »Wenn ich mich recht erinneres, magst du Pfannkuchen zum Frühstück.«

Tess sah sie erstaunt an. »Wie können Sie nur an Pfannkuchen denken, Lizzie? Macht Sie das nicht traurig, das mit Kevin?«

»Nein«, sagte Lizzie. »Eigentlich nicht. Manche Leute sagens, es gibts ein Leben nach dem Tod, und andere, die sagens, es gibts keins. Aber solange ich selbst noch nicht da gewesen bins, wie solls ich da sagen, was nun stimmt?«

»Aber darum geht es doch nicht«, sagte Tess. »Ich bin traurig, weil Kevin jetzt nicht mehr da ist.«

»Dann bist du deinetwegen traurig, mein Kind, und nicht seinetwegen.«

Tess sah ins Feuer. Die dicken Holzscheite hatten gerade Feuer gefangen. Jetzt züngelten die Flammen um den Kessel herum und schickten Funken in die Schwärze des Kamins hinauf. Lizzie stand auf und fing an, Eier in eine Schüssel zu schlagen.

»Vielleicht haben Sie Recht«, sagte Tess. »Aber was ich nicht verstehe, ist, warum wir anders sind. Ich meine, warum wurden Kevin und ich als Switcher geboren? Und Sie, warum Sie?«

»Aber alle Kinder sinds Switcher«, sagte Lizzie. »Wusstest du das nicht?«

»Wie meinen Sie das? Wie können denn alle Kinder Switcher sein?«

Lizzie rührte Mehl unter die Eier. »Alle Kinder kommen mit dieser Fähigkeit auf die Welt. Aber nur wenige entdecken, dass sie sie haben. Man muss es lernen, bevor man acht ist. Danach wird das Denken starr und man übernimmt Dinge von anderen. Viele Kinder merken, dass sie wechseln können, aber wenn ihre Eltern und Freunde sagen, so was ist nicht möglich, dann glauben sie denen, statt sich selber zu vertrauen. Dann vergessen sie es, so wie sie mit der Zeit alles vergessen, was nicht zu dem passt, was die anderen denken. Es gibt nur wenige, die diese Sicherheit haben und wissen, dass sie es tun können, trotz allem, was die anderen denken.«

»Es war also einfach nur Zufall? Eine Fügung?«

Lizzie drosch heftig auf den Pfannkuchenteig ein. »Zufall?«, sagte sie. »Fügung? Die Wörter kenns ich nicht.«

In der Wand über dem Feuer regte sich etwas, und Tess sah auf. Eine schiefe Nase und vier kleine Nasen reckten sich aus dem Loch, fünf Paar Augen waren auf sie gerichtet. »Enkelkinder«, sagte Nase-in-Mausefalle-gebrochen. »Schwanz-ab-sieben-Zehen erzähl Groken, Mammuts, Drachen, Kinder gucken zu.«

Die vier kleinen Nasen zitterten vor Erwartung. Tess lachte und während Lizzie die Pfannkuchen buk, erzählte Tess die Geschichte noch einmal.

Tess' Eltern waren sprachlos vor Staunen, als ihre Tochter nach Hause kam. Sie waren nicht vor dem Wetter nach Südeuropa geflohen, sondern in der eingeschneiten Stadt geblieben, für den Fall, dass Tess zurückkäme. Als der Schnee zu schmelzen begann und die Straßen wieder frei waren, wuchs ihre Hoffnung, doch sie hatten schon fast aufgegeben, als Tess schließlich vor der Tür stand. Sie begrüßten sie unter Freudentränen und sprachen davon, dass alles verziehen sei und die Geschichte nun ein glückliches Ende gefunden habe.

Nur mit den Veränderungen, die sie an Tess bemerkten, fanden sie sich nicht gut zurecht. Denn obwohl, wie Tess anhand des Kalenders nachrechnen konnte, gar nicht so viele Tage vergangen waren, seit sie in der Gestalt einer Eule aus dem Fenster ihres Zimmers davongeflogen war, war es in einer anderen Zeitrechnung ein Jahr, ein Lebensalter, eine Eiszeit her. Tess konnte sich kaum noch an das Kind erinnern, das sie gewesen war.

Tess hatte sich schon immer ein bisschen abgesondert und war eine Einzelgängerin gewesen, und das verstärkte sich jetzt noch. Für ihre Eltern war sie eine Fremde, und in den Jahren, die folgten, erfuhren sie nie mehr über Tess' Verschwinden als das, was sie dem Bericht des Wachtmeisters Maloney entnommen hatten. Sie wussten nur, dass sie mit einem Jungen fortgegangen war und nicht darüber sprechen konnte oder wollte. Ihre Verschlossenheit verstanden die Eltern als ein Zeichen dafür, dass die ganze Geschichte irgendwie übel geendet hatte, aber sie hofften, Tess würde ihnen irgendwann davon erzählen.

Manchmal sahen sie Tess einen silbernen Ring tragen, den sie von früher nicht kannten, aber sie fragten nicht danach. Sie überließen Tess sich selbst und bemühten sich, das alte Familienleben wieder aufzunehmen. Auch Tess versuchte das, aber allen war bewusst, das ihr Verhalten etwas Mechanisches hatte und sie nicht mit dem Herzen bei der Sache war. Sie gab sich in der Schule Mühe und freundete sich sogar mit ein paar Mädchen an, aber auch da war sie innerlich nicht beteiligt. Zwar verging die Zeit in Gesellschaft schneller, aber das milderte nicht die große Einsamkeit, die sie in sich spürte. Auch ihre seltenen Ausflüge in den Park, wo sie ein paar Stunden mit den Eichhörnchen oder Vögeln und Rehen verbrachte, halfen da nicht. Sie gehörte weder in die Welt der Tiere, das wusste Tess, noch war sie Teil der Welt ihrer Eltern und Mitschülerinnen. Im Innern stand sie irgendwo dazwischen und war ganz allein.

Das Gefühl der Einsamkeit verstärkte sich noch, wenn sie im Radio oder im Fernsehen etwas über die »Nordpolkrise« hörte. Die Groken hatten sich wieder unter die Eiskappe zurückgezogen, und die einzigen Spuren, die sie hinterlassen hatten, waren kahle Schneisen, die sich über hunderte von Meilen durch die Vegetation des Polarkreises zogen. Unzählige Theorien wurden entwickelt, und man hatte den Eindruck, jede Woche kam eine neue in Umlauf. Eine war so lächerlich wie die andere, aber was Tess richtig wütend machte, war die einhellige Meinung, General Wolfe und Scud Morgan seien die Helden. Und keine Menschenseele außer ihr und Lizzie würden je die Wahrheit erfahren.

Ihre Eltern machten ihr nie Vorwürfe, aber es war klar, welch große Sorgen ihnen ihr Verschwinden bereitet hatte. Sie verboten ihr nicht ihre Ausflüge in den Park, aber sie nahmen ihr das Versprechen ab, nachts nicht ohne ihre Erlaubnis wegzugehen. Aus der Sicht ihrer Eltern war es eine angemessene Bitte, das wusste Tess und versprach es ihnen. Sie war überzeugt, ihre Eltern würden ihr im Laufe der Zeit wieder größeres Vertrauen schenken und mehr Freiheiten einräumen. Doch vorerst musste sie darauf verzichten, Lizzie und ihre Freunde bei den Ratten zu besuchen.

Also suchte sie anderweitig Trost. Sie sparte ihr Taschengeld, bis es für den größten Käfig in der Zoohandlung und die schönste weiße Ratte reichte. Ihre Eltern wunderten sich über diese Anschaffung, weil Tess so oft darüber geschimpft hatte, wenn Tiere in Gefangenschaft gehalten wurden, aber sie sagten nichts.

Die Ratte erwies sich jedoch als herbe Enttäuschung. Sie fürchtete sich zu Tode vor der braunen Ratte, in die Tess sich manchmal verwandelte, und wagte es nicht, den Käfig zu verlassen. Als Tess sie schließlich aus dem Käfig gelockt hatte, war die weiße Ratte ganz verschüchtert und bewegte sich ungeschickt und langsam, und alle Überredungskünste konnten sie nicht dazu bringen, die Treppe hinunterzugehen. Das arme Tier – und das war das Schlimmste – beherrschte nicht einmal die Rattensprache. Sie war in einem Käfig aufgewachsen, wie ihre Eltern und Großeltern vor ihr, und niemals dazu aufgefordert oder gar ermuntert worden, ihre Intelligenz zu gebrauchen. Sie verfügte über ein paar grundlegende Wortbilder, doch darüber hinaus war sie stumm, und Tess' Bemühungen, ihr etwas beizubringen, fruchteten nicht. Die weiße Ratte war in ihrer geistigen Entwicklung ein Kind und würde ihr Leben lang eins bleiben.

Trotzdem hatte Tess auf diese Weise ein bisschen Gesellschaft. Manchmal lag sie nachts wach im Bett und hörte zu, wie die Ratte in ihrem Rad herumrannte und in einer Babysprache Selbstgespräche führte. Tess dachte dann an ihre Erlebnisse und daran, was sie in einem Jahr, an ihrem fünfzehnten Geburtstag, tun würde. Immer wieder ließ sie sich die Möglichkeiten durch den Kopf gehen, wägte das friedliche Leben von Walen und Delfinen gegen das kürzere, aber viel aufregendere Leben einer Ziege oder Katze ab. Und jedes Mal, wenn sie zu einer befriedigenden Antwort kam, dachte sie an ihre Eltern, die gebrochenen Herzens zurückblieben, wenn Tess ohne ein Wort der Erklärung für immer aus ihrem Leben verschwinden würde. Und eines Abends, ein paar Tage nach Neujahr, als sie gerade beschlossen hatte, doch als Mensch weiterzuleben, passierte etwas Unvorhergesehenes. Etwas, das ihr Anlass gab, ihre Entscheidung noch einmal zu überdenken.

Die weiße Ratte erstarrte ganz plötzlich in ihren Bewegungen, was Tess aus ihren Überlegungen aufschrecken und eine Veränderung in der Atmosphäre wahrnehmen ließ. Sie sah, wie die Ratte mit hochgereckter Nase schnüffelte und in die Dunkelheit vor dem Fenster starrte. Mit gesträubten Nackenhaaren ging Tess zum Fenster und sah hinaus.

Auf dem Baum, demselben, auf dem die Eule vor fast zwei Jahren gesessen und gerufen hatte, saß der schönste Vogel, den sie je zu Gesicht bekommen hatte. Er kam ihr bekannt vor, dennoch wusste sie, dass sie weder diesen noch einen ähnlichen je gesehen hatte. Sein buntes Gefieder glänzte in dem Licht, das durch das Fenster nach draußen fiel, und die Schwanzfedern, die länger als sein Körper waren, hingen hinunter. Dann, ganz plötzlich, fiel Tess ein, in welchem Buch sie den Vogel abgebildet gesehen hatte, und noch bevor sie nachsehen konnte, ob er an einem Fuß nur drei Zehen hatte, wusste sie: es war Kevin. In dem Moment verstand sie, das er im allerletzten Augenblick den unsichtbaren Pfad gefunden hatte zwischen dem, was ist, und dem, was nicht ist. Damals, in jener

Herbstnacht, am Vorabend seines Geburtstags, als er brennend vom Himmel fiel, hatte er zum letzten Mal und unwiderruflich geswitcht und sich in das einzige Geschöpf verwandelt, das zugleich von dieser Welt war und auch wieder nicht, und das ein Flammenmeer überleben konnte. Und als die Hubschrauber sich am nächsten Morgen entfernt hatten, war er aus seiner Asche aufgestiegen, als prächtiger, goldener Phönix.

Tess' Herz vollführte einen Freudensprung und eilte ihr voraus in den nächtlichen Himmel, wo sie schon bald neben ihrem Freund fliegen würde. Mit einer stummen Entschuldigung an ihre Eltern, weil sie ihr Versprechen brach, drehte sie den Griff und stieß das Fenster auf.

Kate Thompson trainierte Rennpferde in England und den USA, studierte Jura in London, reiste gern und lange nach Indien und bewirtschaftete zehn Jahre lang einen kleinen Bauernhof. Neben Romanen für Kinder und Erwachsene schreibt sie auch Theaterstücke und Lyrik, für die sie schon mit einigen Preisen ausgezeichnet wurde. Sie hat zwei Töchter und lebt heute in Irland.